OS DOIS LADOS DO MEDITERRÂNEO

tao

Eugênio Benito Júnior

OS DOIS LADOS DO MEDITERRÂNEO

Os dois lados do Mediterrâneo

Publisher Edgard Blücher
Editor Eduardo Blücher
Coordenação editorial Jonatas Eliakim
Produção editorial Lidiane Gonçalves
Diagramação Negrito Produção Editorial
Revisão de texto Maurício Katayama
Capa Laércio Flenic
Imagem da capa iStockphoto

tao

Rua Pedroso Alvarenga, 1245, 4° andar
04531-934 – São Paulo – SP – Brasil
contato@taoeditora.com.br
www.taoeditora.com.br

Segundo Novo Acordo Ortográfico, conforme 5. ed. do *Vocabulário Ortográfico da Língua Portuguesa*, Academia Brasileira de Letras, março de 2009.

Dados Internacionais de Catalogação na Publicação (CIP)
Angélica Ilacqua CRB-8/7057

Benito Júnior, Eugênio
Os dois lados do mediterrâneo / Eugênio Benito Júnior. – 1. ed. – São Paulo : TAO, 2022.
172 p.

Bibliografia
ISBN 978-65-5506-135-2 (impresso)
ISBN 978-65-5506-136-9 (eletrônico)

1. Ficção brasileira. 2. Argélia – Ficção.
I. Título

21-4526 CDD B869.1

Índices para catálogo sistemático:
1. Ficção brasileira

Para Lívia, Lara e Lucas.

Conteúdo

Prefácio

A racionalidade das ciências exatas frequentemente teve um lugar de destaque em casa. Assim como meu pai, o natural para mim foi seguir a direção da aplicação da matemática, da lógica e da física, por meio da engenharia. Um outro aspecto que posso somar a essa referência paterna é a tecnologia. Dado que ao longo da minha infância e adolescência passamos pela rápida evolução dos computadores pessoais, da internet e dos celulares, o entendimento primordial do funcionamento dessas ferramentas também veio por meio dele.

Ao ler este livro, esta característica de racionalidade acompanhada do ceticismo me chamou a atenção em alguns momentos.

Um valor sempre presente na nossa casa era o prazer de aprender coisas novas. Um valor que foi naturalmente desenvolvido por meu pai e minha mãe com a frequente presença de livros, música popular e clássica, artes, e pela exploração de jogos que desenvolvem a lógica e a cultura geral. Ao mesmo tempo que meu pai demonstrava muita alegria ao me ver seguir o caminho da engenharia, também me apoiava na aventura de comprar um teclado e formar uma banda.

Conhecer novos lugares, novas culturas, viagens a trabalho e a lazer também fizeram parte desta formação, seja viajando junto ou compartilhando as suas percepções por meio de cartões-postais dos mais diversos locais.

Como diz a frase de um músico brasileiro que teve carreira meteórica nos anos 90: “Há fronteiras nos jardins da razão”. Tenho a impressão de que sempre achei essa frase natural e verdadeira. Questões que provocam nossa curiosidade nas proximidades dessa fronteira normalmente passam pelo autoconhecimento. Como explorar e compreender os limites desse jardim? Como entender a relação entre inteligência, memória e vontade? Entre o consciente e o inconsciente? Entre o amor e a alma?

No seu quinto livro, Benito mostra sua inquietação com essas e outras questões. Sua insatisfação consigo mesmo, sua vontade de continuar se desenvolvendo por meio da psicanálise, da fé, da filosofia e da interpretação dos mitos. Como racionalizar e discutir as questões menos lineares, lógicas diferentes da exatidão matemática?

O autor se coloca como personagem principal de uma trama misteriosa em solo argelino. É uma ficção recheada de autobiografia, na qual o protagonista genialmente reflete sobre eventos de sua vida. Navega por meio do Mar Mediterrâneo, passeando por locais conhecidos e terras inexploradas que decide enfrentar. Como costuma fazer em seus livros, consegue nos conduzir com leveza por discussões profundas, temperando tudo com um toque de gastronomia.

Neste romance o autor resgata elementos de seu primeiro livro, *A Oferta de Afrodite*, e reencontra as suas personagens, que desta vez trazem algumas surpresas. Traz referências que são familiares para aqueles que leram sua obra anterior e uma surpresa agradável a quem o está conhecendo. As ofertas divinas da mitologia grega também são reeditadas, mas nesta versão é o personagem-autor que precisa decidir qual caminho escolher.

Ao ler este livro, me chamou a atenção a presença de uma vontade de continuar aprendendo sempre e a humildade de saber questionar as suas próprias convicções. Combinando momentos emocionantes e reflexões esclarecedoras, Benito mostra também a maturidade da sua própria relação com a literatura.

GUILHERME SEWAYBRICKER BENITO

1. O restaurante H

Minha esposa Marie tem um inacreditável dom para encontrar bons restaurantes. De tão inusitada essa habilidade, eu, numa curiosa mistura de orgulho por conviver com alguém assim e dor de cotovelo por não ter esse talento, acabei fingindo que não valorizava essa característica e tenho tentado lidar com o assunto como se fosse algo corriqueiro.

Depois da escolha do local e de provar as iguarias oferecidas, parece óbvio que aquela teria sido a melhor escolha. Isso varia de restaurantes baratos e simples até lugares sofisticados e caros. Felizmente, essa premonição, ultimamente, tem privilegiado os lugares pitorescos e acessíveis ao nosso bolso. Esse fato é quase uma lenda familiar e só teria interesse nesse contexto, não fosse um incrível desdobramento proporcionado por ele e que deu origem à história que se segue.

Uma vez, em Itacaré, na Bahia, depois de eu ter escolhido uma pizzaria para jantar, Marie descobriu o restaurante da Tia Dete, uma portinha pela qual eu tinha passado direto. Tia Dete me fez provar a melhor moqueca de robalo da minha vida: o dendê no ponto e um pirão magnífico. "Bom, aqui é fácil" – pensei eu, reencarnando a raposa da famosa fábula de Esopo – "perto do mar todos os restaurantes são bons". Rodamos Itacaré, o que não é exatamente muito trabalhoso, e não encontramos nada parecido. Tentei mais tarde em outras cidades de praia e nada.

Outra vez, na Sicília, eu já havia pesquisado antes e levado comigo a dica de uma *trattoria* em Petralia Soprana – La Rosa nel Borgo –, mas ela achou uma padaria que nem placa na porta tinha, pelo cheiro de canela que sentiu no ar. Foi seguindo o cheiro e eu a fui seguindo, com aquela sensação de que algo maravilhoso iria acontecer. E aconteceu: comemos um biscoito de canela saborosíssimo. Quando entramos na padaria, a conversa parou e todos os clientes nos olhavam com curiosidade, talvez pensando: o que será que essa dupla de estrangeiros veio fazer nesse lugar perdido? Um dos sicilianos presentes se arriscou e veio puxar uma conversa. Ao aproximar-se da gente, olhou-nos atentamente, como se estivesse fazendo uma avaliação final, e mandou um sonoro *bonjour*. Ficamos com cara de quem está pedindo explicação: alguém falando francês na Sicília? Respondi com outro *bonjour*, meio sem jeito, e ele comemorou com os amigos: "não falei que eram franceses?". O pai de Marie era francês e a mãe brasileira, mas o siciliano não poderia ter adivinhado isso. Entrei, então, na conversa falando que éramos, na verdade, brasileiros, o que causou um tumulto ainda maior. Qualquer coisinha na Itália cria reações exageradas. E a conversa logo convergiu para o futebol, tão adorado na Itália como no Brasil. Depois de mais alguns *biscotti alla cannella* e umas xícaras de café expresso, saímos de lá com uma incrível sensação de pertinência.

Tenho sido devoto ao deus que cria e abençoa essas pequenas coisas e me divirto com o desenvolvimento desse mito familiar. Aprendi a lidar com mitos depois que deixei de lado minha carreira na engenharia e me dediquei a escrever livros. *O mito é o nada que é tudo*, já ensinava Fernando Pessoa. Quando viajava para estágios e congressos fora do Brasil, comecei a prestar cada vez mais atenção nas características locais, no jeito de levar a vida e nos valores culturais de cada povo. Desde a aflição capitalista dos americanos, passando pelo pragmatismo alemão até a *siesta* espanhola e os largos gestos italianos tinha sido uma viagem e tanto. Essas características tinha reflexos importantes nas relações comerciais, na culinária e no jeito como esses povos construíam seus cotidianos. Pouco a pouco os *papers* sobre assuntos técnicos foram dando lugar aos relatos sobre os mitos que regiam cada cultura. A possibilidade de escrever já se esgueirava pelas minhas folhas em branco, mas eu nunca me dei totalmente conta disso até o dia em que percebi uma história inteira em mim, com muita ficção, muita realidade e uma frenética dança de personagens querendo sair da minha mente para habitar as folhas vazias à minha frente.

Os seis personagens principais do meu primeiro livro me encostaram na parede e cobraram: "E aí? Cadê o texto?".

Equilibrando-me entre a força centrífuga do universo infinito das coisas em que pensava e a força centrípeta necessária para confinar esse universo a uma limitada coleção de páginas, comecei a escrever sobre a metáfora que é uma guerra.

Escrevi um livro sobre uma passagem do mito que originou a Guerra de Troia, a mitológica cidade que sacudiu o mundo por causa de uma paixão. Páris, filho do rei Príamo de Troia, fora escolhido como juiz de uma contenda provocada pela ninfa Discórdia. Páris precisava escolher quem era a deusa mais bonita – Hera, Palas Atena ou Afrodite, todas belíssimas, vaidosas e vingativas. Todas as três resolveram fazer um *lobby* de sua candidatura à deusa mais bela e, para serem escolhidas, ofereceram presentes valiosíssimos a Páris. Estavam presentes os ingredientes para conseguir duas inimigas.

A manipuladora Hera, esposa de Zeus, achava que os fins justificavam os meios. Era notória pela fecundidade provada e comprovada, o que lhe dava um poder materno excepcional e dominador. Prometeu a Páris todo o Império da Ásia se fosse ela a escolhida como a mais bela das deusas.

Palas Atena, a Minerva dos romanos, era a deusa da sabedoria, filha predileta de Zeus, inteligentíssima, atribuía apenas à razão a resolução de todos os conflitos. Propôs a Páris uma sabedoria infinita e lhe assegurou a vitória em todos os combates que travasse na vida, se fosse ela a escolhida como a mais bela deusa do Olimpo.

Finalmente, Afrodite, deusa do amor e da paixão, prometeu a Páris apenas isso – o amor e a paixão, duas forças devastadoras – e propôs que isso se concretizasse com o amor da mais bela mortal do mundo, a rainha Helena.

Entre o poder material que emanava da oferta da Hera, o excepcional domínio da razão oferecido por Palas Atena e a possibilidade de viver uma grande paixão, Páris ficou definitivamente com a oferta de Afrodite. Porém um detalhe impedia a concretização desse amor entre a rainha Helena e Páris: ela era casada com o grego Menelau, rei de Esparta. O rapto de Helena pelo troiano Páris fez com que a Guerra de Troia começasse.

Minha tarefa fora então desvendar esse mito mostrando os desdobramentos de quem ousasse se apaixonar. Pouco a pouco os mitos foram naturalmente fazendo parte da minha vida, que percebi ser um contínuo equilíbrio entre metáforas.

Foi assim, creio, tropeçando entre um desejo e outro, que classifiquei como mito essa mágica caseira da arte da escolha dos restaurantes que encontrávamos nas viagens.

Como gostamos muito de viajar, esse poder mítico tem nos ajudado bastante em locais onde não se conhece tanta coisa. Minha esposa checa o local candidato, que nem sei como virou candidato, com aquele olhar de quem está processando tudo, e profere o veredito: "É este". Já tentei o método: copio uma lista de lugares possíveis, passo em frente deles, olho com um olhar de expert e escolho com as mesmas palavras mágicas: "É este". Consegui patrocinar, assim, as maiores tragédias culinárias das nossas experiências como viajantes.

Neste verão, fomos visitar nossa filha que mora em Dublin e tudo aconteceu como se esperava – até nos pubs irlandeses esse poder de minha esposa funcionava. Conhecemos lugares divertidos, com ótima comida e música alegre. Na Irlanda é fácil, menosprezei eu, mas não me arrisquei a escolher nada, a não ser aquela magnífica cerveja escura que eles fazem, mas aí é realmente fácil. Só conseguimos voo de volta para casa saindo de Paris, o que seria um excelente lugar para colocar em prática, mais uma vez, essa habilidade dela. Estava ansioso por isso, mas dessa vez Marie exagerou, quando escolheu o Restaurante H, no Marais, na rua Jean Beausire, uma ruazinha estreita entre a Place des Vosges e a Praça da Bastilha. E foi lá que tudo começou.

Dessa vez, a escolha foi um pouco cara, mas o que aconteceu lá não tem preço. O restaurante é pequeno, com um cardápio incomum e uma dificuldade enorme em conseguir uma reserva entre as dez mesas disponíveis. Como o nosso hotel era perto, passamos por lá por volta das dez horas da manhã para conversar direto com o *staff* da casa. Enquanto conversávamos com quem nos atendeu e que se desmanchava em desculpas por não poder garantir uma reserva, outro cliente telefonou cancelando a reserva que havia feito para aquela noite. Pronto, tínhamos uma mesa agora. Não nos demos conta na hora, mas a mágica já estava começando.

No fim da tarde, depois de passar o dia no Louvre, eu ainda tinha na mente a leveza de algumas toneladas do mármore esculpido por Antônio Canova para descrever a paixão de Eros por Psiquê, uma história de amor que me intrigava mais do que eu conseguia entender.

Voltamos ao hotel para nos aprontarmos para o jantar de despedida da viagem à Europa. Eu sabia que iria ser bom porque a escolha do restaurante havia sido feita por uma perita no assunto, mas o que encontramos lá foi surpreendente. Logo ao chegar, o mesmo ambiente que havíamos visto pela manhã, agora arrumado para a noite, estava lindo. O restaurante estava repleto de clientes envolvidos com suas escolhas e numa mesa grande, redonda, três casais nos olhavam insistentemente. Num primeiro momento, eu tive a impressão de conhecê-los, mas isso era impossível: como eu poderia conhecer aquelas seis pessoas que tiveram a mesma ideia que Marie e eu tivemos de jantar num bistrô francês no Marais? Nossa mesa, pequena, de dois lugares, foi reservada ao lado da mesa redonda com os três casais e, assim que o *maître* nos deixou às voltas com o cardápio, uma das moças da mesa redonda, a mais bonita de todas, morena com lindos olhos verdes, me chamou pelo nome e disse, no mais perfeito francês: "*Enfin, vous êtes arrivés*".

2. Angel Bear

Senti uma tremenda interrogação no semblante de Marie quando ela me fitou pedindo explicações só com o olhar. Eu não sabia o que dizer. Havia compreendido o claro francês da moça bonita, dando graças a Deus por eu ter chegado, mas quem era ela? Quem eram eles todos naquela mesa? Existia uma estranha familiaridade no olhar de cada um, no gestual deles. Ao lado da morena que havia começado a conversa em francês, sentava-se um cavalheiro distinto, muito bem-vestido, que tinha ao seu lado outro senhor, mais desleixado, com barba por fazer e um olhar um pouco arrogante, que segurava a mão de uma jovem senhora de olhar doce e sereno que denunciava a certeza que tinha da importância de estar ali. Completava a mesa mais um casal: um homem com olhar embrutecido enjaulado ao lado de sua esposa – só poderia ser sua esposa – deslumbrada com tudo o que estava acontecendo.

Nesse surreal encontro, com o *maître* cobrando a nossa escolha, uma mesa com três casais cobrando minha atenção e minha esposa cobrando uma explicação, consegui apenas balbuciar um "*bonsoir*". O homem embrutecido ficou acuado com meu tímido cumprimento e parecia prestes a sacar uma arma para se defender, sua esposa deu gritinhos de satisfação com meu pálido francês e o senhor desleixado com barba por fazer deu um suspiro de fastio. Nisso, a morena bonita que havia começado a conversa se dirigiu a mim num português brasileiro límpido, sem sotaque nenhum e disse:

– Tentamos encontrar você inúmeras vezes, na pizzaria de Itacaré, na *trattoria* da Sicília, num pub em Dublin, mas vocês sempre mudavam de local na última hora e nós não temos a agilidade necessária para mudar de plano como vocês têm.

– Fazer o deslocamento em seis é mais difícil – elucidou o cavalheiro bem-vestido.

– Eu acho o máximo mudar de ideia assim de repente – emendou a esposa do homem embrutecido. – Parece coisa de escritor.

– Porra, Clô – falou grosseiramente o brutamontes –, para de falar bobagem. E não é isso que o cara é? Ele é escritor, sua idiota.

Antes que eu pudesse balbuciar alguma coisa, minha esposa pediu ao *maître* que puxasse a nossa mesa para um pouco mais perto da mesa deles, encarou a mulher que fora chamada de Clô e perguntou:

– Você é a Clotilde? Casada com o Walter?

– Sim. Esse é o Walter – apontou Clotilde, radiante, para o ogro ao seu lado.

– Então você é a Mariana? E você o Zé Pedro? – entrei eu na conversa identificando o sujeito desleixado e sua esposa de olhar doce.

Zé Pedro largou a mão da esposa e, cheio de tédio, fez um gesto com os dois braços no ar, dando conta do óbvio que eu descobrira.

– Eu sou João Filho – revelou o cavalheiro bem-vestido. – Escrevi o prefácio do seu livro. E, claro, esta é a Sílvia.

A morena que havia iniciado a conversa abriu seu mais lindo sorriso para mim, parecendo satisfeita com as apresentações.

– Que história é essa? – perguntou minha esposa, intrigada.

– Vocês são os personagens do livro do Benito?

– Claro – respondeu Sílvia –, quem mais poderíamos ser?

– Mas vocês não existem – emendei eu. – Vocês não são reais.

– Pra você ver como é real, o jantar de vocês já está escolhido e pago – disse Walter com a autoridade de quem financiava tudo.

– Escuta – continuei –, fui eu quem os criou. Eu é que sei tudo da vida de vocês. Como é que vocês sabem das peripécias das minhas viagens? Que história é essa da pizzaria em Itacaré?

– Nós os esperávamos na pizzaria no centro da vila – explicou Sílvia –, que era o lugar escolhido para o jantar. Mas na última hora vocês resolveram mudar de planos e esse encontro não pôde acontecer.

– Depois foi a *trattoria* siciliana – acrescentou João Filho.

– La Rosa nel Borgo – definiu Zé Pedro –, um lugar no fim do mundo. Quem é que tira férias e vai para Petralia Soprana?

– Realmente – busquei o olhar de minha esposa para conferir – iríamos numa *trattoria* que nosso amigo em Campinas havia dado a dica.

– D'une certaine façon, nous sommes attachés à toi – emendou Sílvia, voltando ao francês.

Nisso o garçom chegou com a primeira parte de um jantar que iria se revelar maravilhoso, com vinhos harmonizando cada prato que chegava, apresentados de uma maneira muito delicada e criativa. A frase de Sílvia ficara no ar: "de uma certa maneira, estamos ligados a você". Ninguém pediu para traduzir, mas acho que nem todos entenderam. A Clotilde que eu havia criado certamente não entendera. Eu a havia criado para não entender nada, mas que sei eu? Estava compartilhando uma refeição deliciosa com personagens que eu mesmo havia criado e que me perseguiam pelas estradas que eu trilhava. Eu me alimentei fartamente naquela noite. Tudo parecia muito real, a lagosta parecia de verdade e o vinho branco que a acompanhava parecia igual àqueles servidos nos banquetes mitológicos que eu tanto apreciava, mas eu tinha certeza de que iria acordar em poucos minutos. A idade já me faz acordar à noite para fazer xixi. Olhei para o copo com água à minha frente e fiquei na dúvida se deveria bebê-lo completamente e pedir mais ou não.

Eu estava catalogando uma série de perguntas para meus personagens, o que era um contrassenso total. Tinha havido um tempo em que era eu quem definia a vida deles, quem dizia se eles iriam viver ou morrer. Sílvia havia sido amante do pai de Clotilde. Walter contratara dois capangas para assassinar o sogro e fora preso na casa de Zé Pedro, que foi impedido de ter um caso com Clotilde por duas facadas no abdômen. Eu arquitetara tudo em nome da paixão pela Literatura e, agora, me via querendo fazer perguntas a esses personagens.

– Para que vocês acham que serve a Literatura? – arrisquei eu uma pergunta, que não era nenhuma daquelas que eu estava catalogando.

– Para nada – emendou rapidamente o Walter, o que não causou nenhuma surpresa. Para ele, tudo não passava de papel, tinta e tempo perdido. Fiquei feliz com a resposta do Walter. Parecia que sua caracterização fora mantida. Era a consolidação de uma criação.

– Eu acho que é para suprir alguma falta – falou, finalmente, Mariana, com seu jeito doce e incisivo. – Gostaria de entender, porém, que falta é essa que pode ser suprida com uma personagem como eu.

– Todo mundo tem uma angústia – completou Zé Pedro, o expert em História da Arte –, e acho que fica mais fácil lidar com ela quando ela se transforma em palavras, em algo concreto, papel e tinta, como definiu o Walter. Nas grandes pinturas era assim e acho que continua sendo assim.

– Eu acho lindo quem escreve – quis participar Clotilde, dando uma opinião dispensável. – Jamais conseguiria fazer um livro.

– Vocês viajam sempre juntos? – quis saber eu, tentando dar um pouco de consistência àquela história estranha, àquele sonho estapafúrdio.

– Isso não seria suportável – atravessou Zé Pedro, olhando com certo desdém para o casal Walter-Clotilde. – De repente a gente se junta e é obrigado a fazer algo junto. Sempre achei que isso fosse coisa sua – emendou, olhando-me nos olhos.

– Pessoal – disse –, depois que virei a última página do texto que fiz, jamais pensei em vocês novamente. Uma amiga, leitora da história que vocês protagonizaram, comentou que deveria haver uma continuação, de tanto que ela gostara de vocês. Mas não passou disso. Achei que vocês estavam aprisionados no meu texto.

– Eu os mantive vivos – entrou abruptamente minha esposa na conversa. – Na minha mente todos vocês passearam e ainda passeiam. Não sei se isso contribui para esse encontro, afinal o texto não é meu, mas vivia pensando nisso.

O álcool do vinho começara a ajudar a aceitar aquele curioso encontro, afinal, a conversa estava boa, o jantar estava delicioso e Paris estava lá fora. O vinho descia macio e sugeria que nada fosse dito para interromper aquele idílio de um autor com seus seis personagens. Se a próxima taça fosse servida pelo Pirandello, eu não me surpreenderia. Imaginei que aquilo pudesse ser uma metáfora e que eu a decifraria assim que acordasse. Enquanto isso não acontecia, o sagrado daquela situação se apossava de mim. Lembrei-me dos Paraísos Artificiais, com vinho, haxixe e ópio, drogas que serviriam para alargar os sentidos, como queria Baudelaire. De alguma maneira, pensei em incluir nessa lista a Literatura, não como droga, como queria Walter, mas como algo para alargar os sentidos.

Sentia um enorme prazer em ter aqueles amigos ao meu lado, companheiros de tantas noites gastas gerando situações, medos, soluções, indefinições. O vilão oficial da história fora o pai de Clotilde. Para ele nem mesmo um nome eu dei – chamava-o de O Velho. Para enfrentar esse vilão, criei o Walter, que se casou com a desprezível Clotilde, filha do Velho. Eu a criei desprezível, delineei seu caráter como desprezível e, no entanto, naquele momento, eu a olhava com afeto. Ela e Walter me pareciam velhos conhecidos que a gente fica muito tempo sem encontrar. Aqueles pensamentos e o torpor do vinho estavam quase me levando às lágrimas.

Fui interrompido desse mar de reflexões com uma fala de João Filho, que, com voz grave, me comunicou:

– Mas não foi para conversar sobre Literatura que viemos. A razão de nossa vinda aqui para encontrar você está concentrada na entrega desta chave. – Ao falar isso, tirou do bolso uma chave presa a uma plaquinha de metal com um número: 496. – Você deve ir a Gare du Nord, aqui em Paris, e retirar a caixa que está nesse armário.

Fiquei atônito ao ver uma situação clichê dessas acontecer no meu sonho. Nisso, a bexiga começou a reclamar e eu precisava urgentemente ir ao banheiro. Queria saber mais detalhes da história, mas precisava fazer um xixi antes. Pronto: hora de acordar, pensei. Não demorei nem dois minutos no banheiro e, quando voltei, a mesa redonda estava vazia. Somente Marie me esperava na mesa ao lado. E nada de acordar.

– Cadê o pessoal? – perguntei a ela.

– Não sei. Depois que você saiu, eles pediram licença e foram embora.

Fui até a porta, olhei para os dois lados da rua e só vi a luz trêmula de um poste e um gato se esgueirando pelas sombras à procura dos restos dos restaurantes. Voltei à mesa e pedi a conta ao *maître*, com a sensação de que os meus ilustres personagens haviam saído sem pagar. Surpreendi-me quando o *maître* me avisou que minha conta já estava paga.

– O que aconteceu essa noite? – perguntei à minha esposa enquanto caminhávamos pela rua Jean Beausire em direção ao hotel.

– Não sei – ela me respondeu –, não entendi nada.

Chegando ao hotel, ainda ficamos nos olhando atônitos, mas nada havia a fazer senão dormir. Então não era um sonho. Ou era? Caí num sono profundo e não tive nenhum sonho nessa noite. Acordei rápido, como quem se deu conta de que está perdendo um compromisso, e percebi que Marie já estava acordada, arrumando alguns presentes que havíamos comprado para os netos.

– Você não imagina o sonho que tive essa noite – falei para ela.

– Sonhei que havíamos encontrado meus personagens no restaurante no qual jantamos ontem.

Ela olhou séria para mim e respondeu:

– Não foi um sonho, meu querido. Eu estava lá. Conversamos sobre Literatura e você ganhou aquilo – e apontou para o aparador no qual deixávamos carteira, passaporte, relógio e outras miudezas que trazíamos da rua. Sobre o aparador estava uma chave com uma pequena placa redonda com o número 496 gravado.

Fixei longamente meu olhar em Marie. Mais tarde, no prolongamento dessa viagem, aprenderia que esta sensação de não saber se estamos dormindo ou acordados iria se chamar sonho epistemológico, mas naquele momento eu não sabia nada disso.

– Vamos descer e tomar um café? – foi o que consegui dizer.

Na mesa do café da manhã, decidi colocar um ponto final em toda essa história. Tinha sido chamado para uma aventura que nem eu mesmo sabia qual era, mas estava me sentindo inseguro, numa cidade belíssima e misteriosa. Existia medo e desejo de mergulhar mais profundamente naquela história, porém o medo estava suplantando o desejo.

– Então – recomecei – vamos deixar isso pra lá, foi algo realmente fora do comum, mas nosso voo é hoje e ainda temos que ajeitar as coisas na mala. Com o tempo a gente esquece e acha que foi um grande pileque parisiense.

– Tem metrô pra ir na Gare du Nord? – perguntou Marie, com um olhar penetrante.

– Claro que tem – respondi –, aqui o metrô nos leva a qualquer lugar. Você não está pensando em ir lá, está?

– E por que não? Você não tem curiosidade em saber o que tem nesse armário?

– E se for uma bomba? – Aterrorizei de propósito.

– Não vai ser. Por que alguém poria uma bomba para que um casal brasileiro achasse? Como é que você, com esse prazer em desvendar tramas, vai passar o resto de sua vida sem saber o que havia lá?

Minha esposa detesta filmes de espionagem, histórias com tramas surreais, repletos de correrias e explosões. Não gosta de montanha-russa nem de andar de caiaque. Na praia, quando molha o joelho, é uma aventura. Como é que queria ir atrás de uma pista conseguida num bizarro jantar como aquele que tivéramos na noite passada?

– É vapt-vupt – continuou ela. – A gente vai lá, abre o armário e volta para o hotel. Aí arrumamos as malas e vamos para o aeroporto. Estou curiosa com tudo isso e me surpreende que você não esteja.

Na entrada principal da Gare du Nord existe uma escultura em bronze vermelho com sete metros de altura, um projeto arquitetônico bastante fora do normal mesmo para uma cidade como Paris, que tem exemplos notáveis de arquitetura das mais variadas tendências. À primeira vista, parece ser um porco vermelho com asas, mas depois que se descobre o nome – Angel Bear – percebe-se que é um urso alado. Todo mundo passa por lá com um olhar curioso sobre o monumento, mas nós, atônitos com o que nos acontecia, mal reparamos no urso vermelho com asas.

Depois de esperar nove longos minutos pelo metrô na praça da Bastilha, gastamos mais quinze minutos dentro do vagão até chegarmos à Gare du Nord. Passamos quase correndo pelo Angel Bear para encontrar o mais rápido possível a área de armários da estação. Eu tinha certeza de que nem existia o armário número 496. Imaginei que voltaríamos para o hotel pelo mesmo caminho, agora sem tanta correria porque as malas já estavam fechadas, e, como ninguém iria mesmo acreditar na nossa história, ela acabaria caindo no esquecimento e essa curiosa narrativa terminaria aqui, aos pés do Angel Bear.

Achamos a placa *consignes automatiques* no primeiro andar e eu entrei esbaforido na sala onde ficavam os armários. Dei uma olhada rápida em tudo e não encontrei o número. Olhei com aquela cara de "viu, eu não disse?" para minha esposa, que não tirava os olhos de um canto da sala. Quando eu segui seu olhar, dei de cara com um armário e o número 496 na porta. Era um armário pequeno. Querendo ainda encontrar dificuldades, aventei a possibilidade do preço que pagaríamos para retirar a bagagem que eventualmente estaria ali. Marie, com a simplicidade do óbvio, me aconselhou a tentar primeiro pegar a bagagem. Inseri a chave na fechadura da porta creme do armário e escutei o barulho característico de uma fechadura sendo aberta.

Quando abri a portinha do armário, vimos uma pequena caixa de madeira lá dentro. Fiquei olhando para aquilo com cara de quem não sabia o que fazer, quando escutei Marie dizendo impaciente: "Pega logo essa caixa".

3. Annaba

O sol brilhava forte no aeroporto de Annaba quando cheguei na Argélia a bordo de um Boeing amarelo-ouro da ASL Airlines. Parecia que tinha descido dos céus trazendo um pedaço do sol, tal era o calor africano que experimentava.

O aeroporto era pequeno e não tinha *finger* conectando o avião ao saguão de desembarque. Todos tiveram que andar pela pista para entrar no prédio do aeroporto. Neste curto trajeto precisei do chapéu branco e dos meus óculos escuros, que só fui tirar quando o oficial da alfândega pediu. Ele me perguntou num francês com um sotaque fortíssimo o que eu iria fazer na Argélia.

– Turismo – respondi, depois de pensar em tudo que havia ocorrido nos dias anteriores. Seria impossível explicar.

– Turismo em Annaba? – insistiu o oficial. – Onde?

– Basílica de Santo Agostinho – respondi. Havia comprado um guia da Argélia no aeroporto em Paris para ter uma ideia do que me esperava no desembarque. No guia aprendi que Annaba era a antiga Hipona, cidade onde Santo Agostinho havia morrido em 430 d.C. O oficial da alfândega me deu um sorriso amarelo, carimbou meu passaporte e eu entrei na Argélia como um devoto de Santo Agostinho.

Annaba é uma cidade à beira-mar a mais ou menos cem quilômetros da fronteira com a Tunísia. Imaginava a Argélia como um país superconservador, mas fiquei surpreso ao ver, pelo menos no aeroporto, poucas mulheres usando o *hijab*. "Estendam seus cendais sobre os seus decotes" – é o que eu sabia do Alcorão. Esse costume de se cobrir toda era para que ficasse claro que a mulher era muçulmana e honrada e nenhum homem teria então coragem de molestá-la. E se ela não se cobrisse adequadamente, o que significaria? Que não era honrada e os homens poderiam molestá-la? A lógica muçulmana era complicada para a minha formação ocidental. Olhar outras culturas pelas lentes da nossa particular cultura nunca foi um bom negócio.

Mas meu objetivo era chegar ao hotel Le Majestic, conforme o *voucher* que eu tinha no bolso. Depois teria que descobrir como chegar ao velório. Agora iria ver se os 150 mil dinares argelinos que tinha no bolso eram mesmo de verdade. Nada parecia de verdade nessa viagem. Esperava que pelo menos fossem suficientes para o táxi. Passei por uma casa de câmbio, ainda dentro do aeroporto, e descobri que o valor que eu tinha equivalia a mil euros aproximadamente. Deveria dar para a semana toda.

A Argélia teve mais de cem anos de dominação francesa e era esperado encontrar pelas ruas quem falasse um bom francês, mas ainda existia muita gente que só falava árabe. Esperava que o motorista do meu táxi respondesse satisfatoriamente ao meu *bonjour*. O tanto de árabe que eu conseguia falar começava e terminava no *salam aleikum*. Surpreendi-me quando vi um rapaz segurando uma placa com o meu nome. Dirigi-me a ele em francês e ele, cheio de "salamaleques", me devolveu o *bonjour*, apresentou-se como Rafik e se prontificou a carregar a minha mala. Tentei perguntar quem teria organizado tudo aquilo, quem preparara a minha chegada, mas ele de nada sabia. Só sabia que precisava levar monsieur Benitô até o Hotel Le Majestic. Depois, deveria esperar para me conduzir ao velório do meu tio. Ainda não havia me livrado do sentimento de dúvida e medo.

Nos quinze quilômetros entre o aeroporto e o Hotel Le Majestic, Rafik foi descrevendo o cenário e me apresentando um pouco da Argélia. Frequentemente me chamava de *said*, que vim depois a descobrir que era um tratamento formal em árabe, uma espécie de *vossa senhoria*. Meu conhecimento de árabe dobrava a cada esquina, mas continuava paupérrimo. Perguntei que lugar da Europa era mais perto de Annaba. Não sabia se era uma pergunta retórica ou uma averiguação para um mapa de fuga. Ainda não estava à vontade naquele lugar. Rafik me respondeu que era Cagliari, na Sardegna, mas que não existia uma linha comercial de barcos que fizesse a rota Annaba-Cagliari. Para chegar lá, o melhor caminho era ir até Túnis, pegar um barco até Trapani, na Sicília, e depois outro até Cagliari.

Ou então um voo de Annaba até alguma cidade francesa, Marselha, por exemplo, trocar de avião e seguir para a Sardegna. "Said quer ir para Cagliari?" – perguntou Rafik. Eu disse que não, que nem estava pensando nisso. Ele se calou momentaneamente, como se eu estivesse fazendo perguntas tolas. Esse conceito de puxar conversa não era muito bem-aceito em todos os lugares do mundo.

De qualquer maneira, aquele roteiro inesperado Argélia-Itália talvez tenha sido feito por esse tio que jazia sem vida em solo argelino. Sabia pelas conversas da minha mãe que um tio dela havia ficado na Itália e não tinha vindo para o Brasil, como o resto da família, mas não sabia nem o nome desse tio. Na verdade, não tinha a menor ideia de quem era o parente falecido que havia provocado essa viagem para a Argélia. Minha mãe ainda tinha conservado um sobrenome italiano, mas o meu nome de família é espanhol, da parte do meu pai. Como, então, esse parente havia me encontrado? Meus ancestrais no Brasil já haviam falecido e não tinha nem como começar uma eventual investigação. Quem sabe no velório para o qual eu estava indo houvesse alguém capaz de resolver essa dúvida.

Será que ele teria deixado uma herança para mim? A carta que estava na caixa na Gare du Nord deixava claro que eu estava convidado para a leitura do testamento no dia seguinte. Fiquei apreensivo com essa possibilidade. Isso já havia passado pela minha cabeça em Paris quando abrimos a caixa na estação de trem, mas os detalhes todos envolvendo o jantar no Restaurante H, o tempo apertado entre um voo de volta para o Brasil e o resgate de uma caixa misteriosa, a viagem para a Argélia tendo que ser decidida às pressas – tudo isso me fez desconsiderar a possibilidade de uma herança. Agora todos os detalhes já haviam sido consumidos pelo tempo. Fiquei imaginando uma figura simpática como esse Rafik se transformando num hostil bandido me obrigando a defender com a minha vida a tal da herança. Afinal de contas, eu estava sozinho naquele lugar desconhecido. Ou então uma coisa mais cômica – cheguei a pensar em herdar quatro camelos e um oásis. O que eu iria fazer com isso?

Notei que passávamos ao lado do escritório da Air Algérie e quinhentos metros à frente estava o hotel. A qualquer momento poderia escapar de lá. A passagem de volta já estava no meu bolso, mas estar perto de uma agência de passagens aéreas me deu uma tola e infantil segurança adicional.

Finalmente Rafik estacionou na entrada do Le Majestic, um hotel de três estrelas e meia. Nunca tinha visto isso – meia estrela. Acho que eu não teria herança nenhuma – se assim fosse, poderiam ter começado me instalando em um hotel melhor. O Le Majestic era bem simples. O simpático atendente fez meu *check-in* rapidamente e me deu o quarto 496. De novo aquele número. O mesmo do armário de bagagens da Gare du Nord. Subi rapidamente, olhei de relance o quarto em que iria ficar, lavei o rosto e desci mais rapidamente ainda, pois Rafik me esperava para me levar ao velório do meu tio.

Naquele momento, já estava achando Rafik um sujeito simpático e consultei-o sobre a possibilidade de ir ao aeroporto buscar minha esposa, cujo voo deveria chegar em algumas horas.

– Quanto você me cobra para fazer esse serviço? – perguntei a ele.

– *Said*, não se preocupe com dinheiro – respondeu-me Rafik –, *said* me passa os dados do voo, eu vou até o aeroporto, encontro sua esposa e a trago para o Majestic.

Fiz o que Rafik me pediu e no caminho para o velório liguei para ela, que ainda aguardava o voo no aeroporto em Paris. Contei das primeiras impressões da Argélia, do sol, da vista do Mediterrâneo na chegada a Annaba, do jeito que as mulheres se vestiam, que era uma preocupação dela, afinal seria a nossa primeira vez num país muçulmano. Contei também do Rafik, que, afinal, seria a sua conexão na chegada.

– Não seria melhor pegar um táxi? – aventou ela essa possibilidade.

– Por quê? – perguntei.

– Questão de segurança.

– Entre um táxi com um motorista desconhecido e o Rafik, que fala um bom francês e é educadíssimo, acho que é melhor o Rafik. Eu não posso esperá-la, preciso ir ao velório do tio Leonardo.

– É, eu sei – me respondeu ela.

E desligamos.

4. A caixa

Assustei-me com a impaciência da minha esposa me forçando a pegar a caixa que estava dentro do armário número 496 da Gare du Nord. Era uma caixa de madeira envernizada, com alguns entalhes na tampa e na lateral, com dimensões mais ou menos de 25 x 20 x 10 cm. Coloquei a caixa numa mesa que ficava ainda no compartimento de bagagens e a abri, com o coração na mão. Tinha um fecho dourado e a tampa era sustentada por duas dobradiças.

O recinto de *consignes automatiques* começou a ficar muito cheio e resolvemos fechar a caixa, descemos para o piso térreo da estação e nos sentamos num café. Pedi dois expressos, senha na França para que pudéssemos ficar com aquela mesa pelo resto do dia. Reabri a caixa e a primeira coisa que se via era um chapéu branco, com abas moles, do tipo daquele usado pelo Michael Jackson num clipe famoso. Retirei o chapéu da caixa e sob ele estava um envelope e um maço de dinheiro. Não tive coragem de tirar da caixa, em público, o maço de dinheiro para contar as cédulas e descobrir que tipo de moeda era aquela – não era nem dólar nem euro. A única coisa que eu conseguia ler era o número 2000 e alguns caracteres que me pareceram árabe. Enquanto eu examinava o dinheiro, minha esposa abriu o envelope e encontrou uma carta.

– Estou muito nervosa pra decifrar esse francês aqui, e me entregou a carta.

– Mas está em Português, eu disse para Marie, que falava francês em casa desde criança.

Ela retomou a carta da minha mão e foi me contando que um parente distante meu, Leonardo Pizzolante, havia falecido em Annaba, na Argélia, e que eu estava sendo convidado para o velório e sepultamento dele. Para tal, havia um valor de 150 mil dinares argelinos para cobrir as despesas da viagem e um *voucher* de uma semana no Hotel Le Majestic em Annaba. Depois do sepultamento haveria a leitura do testamento do senhor Leonardo, evento para o qual eu também estava convidado. E eu deveria levar a caixa na minha viagem para a Argélia.

– Quem é esse Leonardo? – ela me perguntou.

– Não faço a mínima ideia – respondi.

Por que alguém iria me pagar uma viagem para a Argélia, país sobre o qual não conheço quase nada, para o velório de um parente que eu nem sabia que existia?

– Bom – continuei –, Pizzolante era o sobrenome de solteira da minha mãe. Como alguém iria saber disso? Ela mudou o nome quando se casou e eu sei disso porque ela me contava.

– Então é nome de família por parte da mãe dela? Da sua avó? – concluiu minha esposa. – E você sabe algo sobre a família dessa avó?

Eu não sabia quase nada. Todos os meus tios, irmãos dela, já haviam falecido e eu não tinha a menor ideia de quem procurar para conferir essa história. Ocorreu-me então a brilhante ideia de procurar no Google. Lá existia, sim, Leonardo Pizzolante, centenas deles. Desde um afinador de piano até um sujeito em Roma que postava fotos junto com macaquinhos. A adição de outras chaves de procura junto com o nome do tio falecido também não resultou em nada.

– O único jeito de descobrir isso é indo lá – falei eu, já dentro do metrô, de volta para o hotel parisiense.

– Você vai para a Argélia? – Fulminou Marie com o olhar.

– Vamos? – disse eu.

– Impossível – disse ela –, eu tenho a agenda cheia lá no Brasil, uma infinidade de coisas pra fazer. Lembra que para tirar essas férias tivemos que deixar pra depois alguns compromissos?

– Eu sei. Mas é só uma semana a mais. Não vai mudar nada.

– Como não vai mudar? E as coisas pra fazer? Tenho que retomar meu trabalho, tem esse monte de roupa suja. A gente vai ficar levando roupa suja de um lado pro outro?

O argumento dela – "levar roupa suja de um lado pro outro" – já denotava a vontade de ir, maior do que a minha. O juízo do casal, mais concentrado nela do que em mim, é que ainda falava mais alto.

– Então – disse eu – a gente vai para o aeroporto, troca a passagem de volta para o Brasil para daqui a uma semana e compra uma passagem ida e volta para você para a Argélia. A minha está aqui, já tenho – e mostrei a reserva com a ASL Airlines. E a mala com a roupa suja, nosso grande problema, a gente deixa no depósito de bagagem do aeroporto aqui em Paris.

– E tem mais: como eu vou achar um lugar legal para experimentar a culinária argelina, se você não estiver lá?

Ela sorriu, me olhou com uma cara de quem achava que eu estava doido, que é seu jeito de concordar com qualquer plano maluco que eu fazia, apertou a minha mão e não dissemos mais nada até desembarcarmos de volta na estação de metrô da Praça da Bastilha.

Rearranjamos as malas para que tudo desse certo conforme nossos planos, chamamos um táxi, por causa do excesso de malas, e fomos para o aeroporto Charles de Gaulle. Trocamos facilmente a passagem de volta para o Brasil, depois de pagar uma pequena multa, mas não foi possível voarmos para Annaba no mesmo voo. Eu embarcaria conforme meu *ticket* anunciava, mas ela iria três horas mais tarde, num voo da Air Algérie.

5. Haris Abdellaoui

Quando entrei no recinto onde se realizava o velório, parecia estar entrando no velório descrito por Camus em seu livro *O Estrangeiro*; uma sala clara, caiada, com dois cavaletes em forma de X que suportavam o caixão do tio Leonardo. A lembrança do Camus me fora sugerida, creio, pelo guia da Argélia também. Camus nascera em Mondovi, nome dado pelos franceses durante a ocupação. Hoje a cidade se chama Dréan e fica uns quarenta quilômetros ao sul de Annaba. Eu já lera muito as obras de Camus, mas não sabia quase nada dele – aprendi sobre sua vida no guia de turismo da Argélia, que explicou que ele nascera numa família *pied-noir*, nome que davam aos europeus que viveram no norte da África. Depois de muitas dificuldades para estudar, Camus havia escrito uma tese de doutorado sobre Santo Agostinho.

Quando eu era estudante de Engenharia, o Brasil vivia sob uma feroz ditadura militar e era bem difícil conseguir bons livros para estudar. Existia uma livraria que vendia livros russos no centro de São Paulo e que, de vez em quando, ia vender esses livros no campus. Alguns deles estavam em português, mas a maioria era uma tradução para o espanhol que não era muito difícil de ler. Os livros eram muito baratos e faziam uma propaganda descarada da excelência do regime soviético, de maneira que, pelo prefácio desses livros, os russos é que tinham inventado tudo em termos de ciência. O guia da Argélia é que me trouxe essas lembranças – pelo que o texto ressaltava, os argelinos se bastavam – eram todos famosos, haviam escrito coisas maravilhosas e um referenciava o outro.

Pensei depois no orgulho que eu tinha em saber que havia um escritor famoso na minha cidade natal no interior do estado de São Paulo e uma grande professora de filosofia. Minha cidade natal também era clara como aquela sala que acolhia o tio Leonardo. Era iluminada por um sol fortíssimo, similar ao sol argelino. Não havia nem santo nem prêmio Nobel na minha cidade, mas o mergulho que eu estava dando no meu passado era uma coisa inesperada nessa viagem insólita.

Todos que estavam na sala se viraram para me olhar quando entrei no local. Parece que me identificaram mesmo como um parente do morto, que eu nem sabia quem era. Alguns se levantaram imediatamente e vieram me cumprimentar, falando num idioma que eu não compreendia. Outros viram que era a hora de fazer isso e fizeram uma pequena fila para, imagino, me darem os pêsames. Criou-se uma pequena confusão: os que estavam na fila aguardavam sua vez enquanto os que já haviam me cumprimentado reuniam-se em torno de uma mesa para tomar um café e conversar. O nível de ruído aumentou um pouco na sala e cessou bruscamente quando eu levantei a mão para, num gesto, dar a entender que não cumprimentaria mais ninguém e me dirigi ao caixão onde jazia o tio Leonardo.

Ao lado do caixão estava uma moça com uma roupa longa, toda branca. Só conseguia ver seus olhos, castanhos, belíssimos, que me fitaram por um tempo maior do que imagino que fosse adequado ao decoro muçulmano. Quando eu ensaiei um cumprimento, ela desviou o olhar e sumiu por uma porta azul.

Fui dar uma olhada no morto para ver se algum detalhe despertava em mim uma lembrança e minha mente fosse iluminada com alguma solução para aquele enigma. Enquanto eu procurava detalhes naquele rosto inerte, senti a mão de alguém tocar o meu ombro. Virei-me num sobressalto e me vi frente a frente com um senhor alto, com uma barba cerrada e um terno impecavelmente cortado.

Ele me conduziu a um canto da sala e deu-me um cartão com seu nome – Haris Abdellaoui –, representante do meu tio, e me contou que fora ele quem preparara a minha viagem para Annaba.

– Mas, sr. Abdellaoui – continuei a conversa –, eu não me lembro quem era esse tio. O senhor tem certeza de que sou mesmo sobrinho dele?

– Sem dúvida, temos absoluta certeza. O senhor tem ascendentes italianos, da família Pizzolante, que foram ao Brasil num determinado momento de dificuldades econômicas e políticas na Itália.

– Nem isso eu sabia, sr. Abdellaoui. Nem isso eu sabia.

– Pois bem – continuou Haris Abdellaoui num tom baixo, próprio para velórios –, seu tio Leonardo também deixou sua terra natal, mas foi para o sul. Estabeleceu-se alguns dias na Sardegna e depois veio para a Argélia. Acompanhou a ramificação da família dele no Brasil, mas nunca mais teve nenhum contato direto com nenhum deles.

– Parece que a família é grande no Brasil – continuei –, mas nem mesmo eu conheço todo mundo. E minha mãe mencionava que uma parte da família havia ficado na Itália, mas não tenho detalhes disso. Nunca soube o que houve com o ramo italiano da família.

Haris Abdellaoui foi me puxando para fora do recinto. Estava difícil conversar num sussurro um assunto tão cheio de detalhes como aquele.

– Mas nós sabíamos do senhor – continuou Haris –, principalmente pelo rumo que a sua vida tomou.

– Que rumo? – Preocupei-me.

– O senhor começou a se dedicar às letras. E isso interessou muito ao seu tio. Na verdade, seu tio-avô, uma vez que ele era irmão do seu avô materno.

– Minha mãe me contava que meu avô, o pai dela, havia morrido quando ela ainda era criança, com nove anos.

– É, eu sei – concluiu Abdellaoui –, ele foi vítima de um acidente quando descarregava um caminhão cheio de toras de madeira.

– Isso mesmo – respondi atônito. – Era exatamente essa a história contada por minha mãe.

– Mas veja – disse ele –, temos que entrar agora. O sepultamento do seu tio será daqui a pouco. Aliás já deveria ter sido. Com esse calor não é recomendável a exposição muito longa de corpos. O caixão ainda não foi fechado porque esperávamos que o senhor viesse e quisesse se despedir do sr. Leonardo. Vamos?

E me acompanhou novamente de volta ao recinto claro e caiado. Eu olhei mais uma vez para o caixão e para aquele rosto sem vida e logo em seguida o caixão foi fechado. Acompanhamos o féretro até o local do sepultamento, alguns cânticos foram entoados – em árabe, creio – e depois voltamos para a rua onde Rafik me esperava.

– Sua esposa já está no Majestic – Haris me informou. – Não sabíamos que ela viria, mas tudo foi arrumado para que ela também seja muito bem acolhida. Amanhã Rafik irá buscá-lo para que o senhor possa ouvir a leitura do testamento deixado por Leonardo.

– Mas por que eu? – Tentei ainda uma vez tirar alguma informação daquela história confusa. – Não sei onde exatamente, mas ainda tem gente da família no Brasil.

– Não há menção a nenhuma outra pessoa que resida no Brasil no testamento do senhor Leonardo, a não ser o senhor. Não se preocupe, porém – continuou Haris –, o senhor é livre para decidir se quer ou não quer ir a essa cerimônia de leitura do desejo do sr. Leonardo. Durante muito tempo ele se ligou a uma tribo de tuaregues que circula pelo deserto, cujo nome, tuaregue, quer dizer, entre outras coisas, homem livre. Ele prezava muito esse conceito.

– Eu irei – respondi. – Eu irei.

6. Qaryush Tajin

Fiquei feliz ao reencontrar Marie no hotel Majestic. Ela havia feito uma boa viagem e estava tranquila agora com as facilidades encontradas em sua chegada. Disse-me que Rafik tinha sido muito gentil. Já havia descoberto uma galeria de artesanato ao lado do hotel e fora ver as vitrines. Tinha ficado encantada com um colar de pedras e descobriu que o preço era treze mil dinares argelinos, o que, pelas suas contas, era bem barato, nem dez euros. Tinha uma tabela de câmbio no hotel e ela veio me mostrar sua primeira aquisição em Annaba.

– Ainda por cima, o vendedor fez um desconto e acabei pagando só onze mil dinares – disse-me ela feliz. Quando refizemos a conta do câmbio, vimos que o colar havia custado mais ou menos 75 euros e não era assim uma grande pechincha. Rimos do equívoco e da confusão que a chegada na Argélia estava provocando.

Saímos andando pela cidade, em direção ao mar. E aquele mar era o Mediterrâneo, que nunca tínhamos pensado em visitar nestas férias, muito menos do outro lado, o lado não europeu. No caminho fui contando a ela as minhas aventuras daquele dia, do curioso velório e do convite para a leitura do testamento no dia seguinte.

– Você vai? – ela me perguntou.

– Acho que sim – disse eu –, mas podemos pegar um táxi amanhã cedo, direto para o aeroporto, e voltar para Paris. Você já fez compras na Argélia e nossa viagem ficaria resumida a isso. O Haris me disse que somos homens livres e podemos fazer qualquer coisa.

Ela riu da história do colar. Nós tínhamos juntado tanta história em nossa vida comum que daria para escrever um livro. Todas elas tinham um tom engraçado, mesmo as que tinham nos colocado em algum apuro. Era uma espécie de um baú do tesouro compartilhado por nós dois e que sempre abríamos para relembrar momentos divertidos. Não sei se existe uma boa definição de felicidade, mas essa bem que poderia ser a nossa definição de ser feliz.

– É engraçada essa história de homens livres – começou ela, rindo da história do colar. – Será que esse país é livre?

– Sei lá – disse –, pouco sei da Argélia. É um defeito de cultura nosso, interessado em coisas europeias e muito pouco ligados em história africana. Eu sei que aqui tem uma megacompanhia de petróleo – a Sonatrach – que vi no jornal quando fez alguns acordos com a Petrobras.

– Que mais você sabe? – perguntou ela.

– Sei também que eles foram bem na Copa do Mundo de 2014.

– Aquela dos 7 a 1? – lembrou Marie da tragédia nacional, quando a seleção brasileira perdeu para a Alemanha por 7 a 1, em um evento realizado no Brasil.

– Nem me lembre. Antes de eliminar o Brasil, os alemães eliminaram a França e, antes dos franceses, mandaram a Argélia de volta pra casa.

Nisso passamos do lado do restaurante Le Pêcheur. Minha esposa interrompeu a conversa para mostrar o restaurante. Como nada entendo desse assunto, apesar de já ter tentado, acatei a sugestão dela e, como sempre, fomos muito bem-sucedidos num restaurante de frutos do mar argelino. Até hoje tenho saudades do cuscuz de camarão que pedi nesse lugar.

– Mas por que você perguntou se esse país era livre? – voltei ao assunto em função da minha conversa com Haris Abdellaoui.

– É que uma vez li uma notícia sobre a Al-Qaeda no Magreb Islâmico – ela me disse – e eles teriam uma base na Argélia. Será que isso ainda é verdade?

– Espero que não. A cidade parece tão tranquila. Estou mais interessado na herança cultural argelina. Cartago era aqui perto, onde hoje é Túnis. Você tem noção do que é isso? A grande rival de Roma. E está aqui, a trezentos quilômetros da gente. Vi no guia, como uma sugestão de turismo.

– E tem o Camus, já que estávamos falando de homens livres – emendou ela.

– Por que você fez essa ligação?

– Camus era um existencialista. Comungava da ideia do Sartre de que estamos condenados a ser livres. Depois ele brigou com o Sartre, mas acho que manteve essa ideia.

– O que é um existencialista? – perguntei eu.

– Bom – disse ela, não sou uma expert em filosofia – eu sabia que ela era – mas existe um conceito de que a existência vem antes da essência.

– E o que quer dizer isso?

– Antes de mais nada, você é. Existe. Não tem desculpa se fez isso ou aquilo em função da sua cultura, do jeito como foi criado. Não dá para responsabilizar ninguém pelo que você fez com a sua existência. O que você faz com a sua existência é sua responsabilidade, única e exclusiva.

– Parece bom – emendei –, eu sempre digo isso para os meus alunos: não fiquem procurando um culpado.

– Mas aí é que vem o resto – continuou ela, não ouvindo meu comentário que pouco agregava –, na escolha de fazer uma coisa ou outra, as pessoas devem fazer como se servisse para toda a humanidade. E disso brota uma tremenda angústia.

– Então, viver é angustiante? Aí até parece mesmo um livro do Camus.

Para aliviar a angústia de viver, pedi uma sobremesa no restaurante e anotei seu nome para poder pedir de novo onde eu encontrasse um restaurante árabe: Qaryush Tajin. Era uma massa frita que tinha o formato da ópera de Sydney, na Austrália, com todas aquelas camadas sobrepostas. Depois de frito, aquele petisco dourado era mergulhado no caramelo e depois polvilhado com leite em pó. Todas as camadas se encontravam num único ponto que era preso com um cravo-da-índia. O resultado era bonito, crocante e saboroso.

Voltamos para o Le Majestic com uma doce sensação de bem-estar após nosso primeiro dia na Argélia. Não tínhamos a menor ideia do que viria pela frente.

7. Eros e Psiquê

O rei e a rainha de uma mitológica cidade tinham três filhas muito belas, mas a caçula, Psiquê, era tão formosa que começou a causar inveja à própria Afrodite. As duas irmãs mais velhas casaram-se cedo, mas Psiquê não conseguiu se casar porque sua beleza intimidava os pretendentes, que, ao invés de amor, desenvolveram por ela uma espécie de veneração.

Afrodite ordenou que seu filho Eros, caracterizado nesse mito como um ser abusado e desavergonhado que incendiava corações com suas setas cheias de amor, fizesse com que Psiquê se apaixonasse por um homem sem qualidades, pobre de dinheiro e de saúde. Quando Eros a viu, ficou tão arrebatado por sua beleza que se distraiu no manejo de suas flechas a ponto de ferir a si mesmo com uma delas e cair completamente apaixonado pela princesa.

Ao mesmo tempo, o rei, pai de Psiquê, visitou o templo de Apolo em Mileto, pedindo que a divindade arrumasse um marido para sua filha. O oráculo ordenou que ele deixasse sua filha com uma vestimenta de luto sobre uma pedra na parte mais alta de uma montanha e que não esperasse genro humano, mas sim um ser feroz, cruel e venenoso. O rei lamentou-se pelo destino de sua filha querida, mas obedeceu às ordens de Apolo.

Psiquê, cujo nome em grego significa sopro, morta de medo, foi conduzida à montanha e, quando estava sozinha, o vento Zéfiro arrebatou-a e deixou-a suavemente no palácio de Eros. Nesse local, tudo o que ela imaginava acontecia. Todos os seus desejos eram concedidos, bastando que ela pensasse no que queria. Repleta de amor, aquele bem-estar que experimentava era tão grande que ela começou a compartilhá-lo com a natureza: cuidava bem de tudo, das plantas, dos animais, até dos pequenos insetos. Seu relacionamento com Eros, porém, era de tal forma que ela não podia olhar em seu rosto.

Todas as noites ele vinha para dormir com ela, mas nunca mostrava seu rosto. Esse desenho de felicidade durou até que suas irmãs acharam um modo de vê-la, apesar de Eros sempre desaconselhar essa visita.

Cheias de inveja, as irmãs mais velhas, vendo que a felicidade de Psiquê iria se consolidar por estar grávida de Eros, semearam a dúvida na cabeça da irmã caçula e fizeram com que ela investigasse se o marido que chegava todas as noites não era um ser horroroso. Se assim não fosse, por que ele não queria mostrar o rosto? Tamanha foi a insistência das irmãs que Psiquê cedeu aos pedidos delas e deixou preparada uma lamparina de óleo para acendê-la durante a noite para observar quem, na verdade, era o marido. Quando ela se deparou com a beleza divina de Eros, percebeu que ela mesma era uma parte dele, que eram ambos aspectos diferentes de um ser único. Começou, então, a cobrir-lhe de beijos. Nesse arroubo de paixão, distraiu-se com a lamparina que segurava e deixou cair um pouco do óleo quente em seu ombro. Eros acordou com a dor da queimadura, olhou-a com muita raiva e a abandonou, voando para longe.

Psiquê procurou-o por todos os cantos do mundo, até que foi encontrada por duas criadas do panteão de Afrodite, Costume e Tristeza, que, a mando da deusa, a açoitaram, não respeitando sequer a gravidez da esposa de Eros. Afrodite renega o neto que está no ventre de Psiquê, a qual, apesar de tudo, suplica à deusa para que devolva seu amor perdido.

Afrodite, então, sem prometer explicitamente que intercederá por ela junto ao seu filho Eros, propõe quatro trabalhos à Psiquê.

O primeiro deles, nessa jornada de amadurecimento que a princesa precisava trilhar, consistia em treinar sua capacidade de discriminação. A deusa juntou trigo, cevada, milho, grãos-de-bico, lentilhas e favas num grande monte e ordenou que Psiquê separasse tudo aquilo ainda antes do anoitecer. Incapaz de dar conta daquele trabalho enorme, sentiu que tudo estava acabando, mas uma formiga do campo compadeceu-se dela e fez um apelo a todas as formigas para que viessem ajudar a esposa do deus do amor. Vieram, então, como ondas, infinitas formigas e ajudaram a princesa a realizar sua tarefa.

No fim do dia, Afrodite, que voltava de uma festa no Olimpo, viu que Psiquê havia cumprido a tarefa e logo propôs outra para a manhã seguinte, igualmente grandiosa, desta vez para testar a coragem da donzela. Mostrou a ela um rebanho de ovelhas selvagens com lã dourada que pastavam livres pelos campos e pediu que ela trouxesse para a deusa um pouco daquela lã. As ovelhas tinham dentes venenosos, chifres pontudos e cabeças duras como pedras. Muito homens tinham perecido na tentativa de recolher a lã dourada desses animais. Psiquê estava prestes a se jogar no rio, pois não via a menor possibilidade de recolher nem sequer um pouco dessa lã, quando um junco na beira do rio falou com ela. Disse que as ovelhas eram agitadíssimas pela manhã, mas que na parte da tarde dormiam todas à sombra de um alto plátano que podia ser visto dali. Nesse momento, a moça poderia percorrer a margem do rio e ir recolhendo a lã que se enroscava nos arbustos que ali ficavam. Psiquê assim o fez e conseguiu recolher uma grande quantidade de lã dourada para provar sua coragem para Afrodite.

Impressionada com a vontade de resgatar aquele amor perdido, Afrodite propõe uma perigosa tarefa: pede para que Psiquê lhe traga num copo de cristal um pouco da água escura da nascente dos rios Cócito e Estige, que são os rios que correm pelo Hades. O Estige é o rio da imortalidade e o Cócito é o rio das lamentações. Neste rio se escutam os gemidos das dores humanas e as súplicas para que os que ali estão retornem à vida. Afrodite queria que Psiquê capturasse de maneira límpida em seu copo de cristal a essência do eterno retorno da vida. Se Psiquê viesse a viver com seu filho Eros e voltasse a viver aqueles fatos, ela deveria aprender a vivê-los como uma guerreira. A nascente dos rios era no alto de uma montanha com uma parede muito lisa, impossível de escalar e protegida por um dragão. Psiquê ficou petrificada com a impossibilidade de realizar essa tarefa, mas Zeus, percebendo que era hora de retribuir o favor que Eros havia feito a ele quando o apresentou ao belo troiano Ganimedes, transformou-se na mesma águia que havia levado Ganimedes para ser copeiro do Olimpo e, tomando o copo de cristal das mãos de Psiquê, voou até a nascente dos rios infernais para colher o líquido pedido por Afrodite.

A deusa, mais uma vez surpresa com a capacidade de Psiquê em ser bem-sucedida no rito de passagem proposto, resolveu propor a última e mais complexa tarefa: pediu que sua nora fosse até o Hades e trouxesse numa caixa um pouco da beleza de Perséfone, a rainha dos infernos. A primeira dificuldade dessa tarefa era ir e voltar do inferno. Normalmente essa viagem era só de ida. Desesperada e sem saber o que fazer, Psiquê sobe no alto de uma torre com a intenção de fazer com que sua alma se desoregue do seu corpo e assim ela possa entrar no Hades.

– Com sua alma fora do corpo você entra no Hades, mas jamais sairá – disse-lhe a torre.

– Quem está falando? – pergunta Psiquê assustada.

– É esta torre que vos fala – continuou a torre – e vou lhe dar as instruções para entrar e sair do inferno. Leve uma sopa de pão com melado em cada mão e coloque duas moedas na boca. Isso será sua tarifa para a ida e para a volta do Hades. De posse desse material, vá até o Monte Tenaro, na Lacônia, no sul do Peloponeso. Trate de aprender bem o caminho, pois os habitantes da região são lacônicos: falam tudo de maneira concisa e vai ser difícil extrair deles alguma informação. Aos pés desse monte você encontrará a boca do inferno. Entre e siga o caminho sem caminhantes que se abre. Se encontrar alguém suplicando ajuda, não se detenha – são ardis de Afrodite para que você fique pelo caminho. Ao chegar ao rio Estige, o barqueiro Caronte estará lhe esperando e, avarento como é, só a levará à outra margem se você pagar a viagem com uma das moedas que leva consigo. Tire-a da boca e entregue a Caronte.

– Do outro lado já vou encontrar Perséfone – impacientava-se Psiquê.

– Ainda não – prosseguiu a torre –, você vai encontrar Cérbero, o cão de três cabeças que não para de ladrar e está ali para proteger as almas que querem sair do Hades. Jogue uma das sopas e ele a deixará passar. Aí então é que você encontra Perséfone, que vai recebê-la com toda a amabilidade possível. Não aceite nenhum dos manjares que ela lhe oferecer, mas seja educada, sente-se humildemente no chão e coma apenas um pedaço de pão negro que lhe for oferecido.

Em seguida, diga a que veio, mostre a caixa de Afrodite e peça que Perséfone a encha com um pouco de sua beleza, pois Afrodite está esgotada por ter de cuidar do filho Eros, quase à beira da morte por ter sido queimado com óleo.

– Aí é só voltar pelo mesmo caminho percorrido na ida? – Quis conferir Psiquê.

– Você está esquecendo o mais importante – sentenciou a torre. – Não abra a caixa que Perséfone lhe der em hipótese alguma. Volte pelo mesmo caminho, acalme o cão Cérbero com a outra sopa de pão, pague Caronte pela viagem de volta e não tenha piedade de ninguém que lhe pedir ajuda. Siga seu caminho. Ao sair da trilha e voltar ao sopé do Monte Tenaro, não se esqueça: leve direto a caixa para Afrodite. Não a abra em hipótese alguma.

Tudo aconteceu exatamente como a torre previra, mas a viagem ao Hades a deixara esgotada. No caminho de volta, começou a pensar na possibilidade de conseguir um pouco da beleza divina para tentar recuperar seu relacionamento com Eros. Apesar dos repetidos avisos da torre para que não abrisse a caixa, Psiquê quis pegar só um pouco daquela beleza para ela. Ao abrir a caixa, nada encontrou além de um terrível e pesado sonho, que a cobriu totalmente, fragilizou completamente seu corpo e a colocou num sono profundo, ali mesmo, sob uma hera da estrada.

Nesse momento, Eros já havia se restabelecido da queimadura e suas asas estavam recuperadas em função do tempo que ficara sem voar. Sentindo falta de sua amada, saiu voando pela janela de seus aposentos para procurá-la. Encontrou-a dormindo na estrada, beijou-a para despertá-la, arrumou o sonho de beleza novamente na caixa divina e voou com ela para seus aposentos. Sabendo que sua mãe poderia continuar brava, Eros foi falar diretamente com Zeus para pedir que oficializasse seu casamento com Psiquê. Zeus assim o fez, promovendo um banquete no Olimpo. Fez com que Psiquê tomasse o vinho dos deuses, o que a fez ficar imortal, condição para que o casamento com Eros pudesse ser oficializado. Depois dessa longa aventura, já era tempo do parto de Psiquê, que deu à luz uma filha, a qual recebeu o nome de Prazer.

8. Apuleio

Apesar de um fim de dia bastante agradável, com a suave brisa do Mediterrâneo, tive uma noite repleta de sonhos intranquilos e acordei frágil e assustado como um inseto.

Discuti o sonho de Eros e Psiquê com Marie no café da manhã do hotel.

Eu conhecia o mito, e ela também, pois tínhamos estudado muito na época em que ele fora apresentado no grupo de estudos do qual participávamos. Mas eu fiquei retido na execução dos quatro trabalhos de Psiquê, em seu processo de imortalização. Era como se fosse eu que estivesse preso àqueles dilemas. Parecia não ser capaz de discriminar as coisas, como o monte de grãos que deveriam ser separados, nem ter a coragem de enfrentar a situação que viria, totalmente inusitada. Apesar do medo, consegui realizar essas tarefas.

Tentei várias vezes escalar o paredão liso para pegar a água escura na nascente dos rios, mas não conseguia. Era um vai-e-volta danado. Como havíamos falado do Camus na noite passada, lembrei-me de sua obra *O Mito de Sísifo* e do mito em si, no qual Sísifo rola uma pedra montanha acima e ela escorrega montanha abaixo pela outra vertente. E esse suplício fica interminável.

– Vou falar uma coisa que não tem nada a ver com esse assunto – começou minha esposa dizendo –, ou tem, não sei.

– O que é? – disse eu, desconfiado.

– Você se lembra onde está descrita essa história de Eros e Psiquê?

– Uai, é um mito grego – disse eu, que não lembrava de nada – e deve estar nos livros de Mitologia que a gente estuda. Você quer algo mais preciso?

– Não. Esse mito está no livro *O Asno de Ouro*, que conta a história de um sujeito que se envolveu com artes mágicas. Lembra?

– Mais ou menos. Por quê?

– Então, esse sujeito seduziu a serviçal de uma feiticeira, viu a patroa dela se transformar em coruja passando uma pasta mágica no corpo e quis experimentar o feitiço. A criada da feiticeira é quem passou o unguento no sujeito, mas se enganou de pasta e ele acabou virando um asno. Bastava comer pétalas de rosa para desfazer o encanto, mas a casa da feiticeira foi roubada e os bandidos levaram até o asno, que aproveitou sua condição para ouvir histórias. Essa é a parte mais legal, não lembra não?

– Acho que isso me soa mais ou menos familiar – menti para não interromper a história. – E depois?

– Pois é. Na casa dos ladrões tinha uma garota sequestrada e eles, os ladrões, pedem à mãe que tome conta da menina, e a velha conta uma história para ela. Adivinha que história é essa?

– Só pode ser Eros e Psiquê – concluí.

– Lembra-se de quem fez o livro *O Asno de Ouro*? – perguntou ela com um brilho no olhar.

– Não faço a menor ideia.

– Foi Lucius Apuleio, que era nada mais nada menos do que argelino.

– Não é possível – senti um frio na boca do estômago e, sem pensar muito, chamei o garçom argelino, um garoto que sequer aparentava ter dezoito anos.

– Qual é seu nome? – perguntei-lhe.

– Eu me chamo Abdul, monsieur – respondeu-me o jovem garçom.

Perguntei-lhe um tanto quanto ansioso, onde ficava a cidade em que nascera Lucius Apuleio. O jovem Abdul assustou-se com a pergunta, não conhecia aquele nome, e, imaginando que não estava atendendo bem ao turista, prometeu se informar. Eu disse que não era necessário e que a pergunta não era importante.

Alguns minutos depois, o jovem garçom e seu supervisor vieram com um *tablet* e nos mostraram a pesquisa que fizeram no Google. Descobri que Lucius Apuleio vivera no século II, nascera em Madaura em 125 e morrera em Cartago em 170. Madaura era uma província de Souk Ahras.

– E essa cidade, Souk Ahras? É longe? – perguntei.

O supervisor, muito solícito, me informou que distava de Annaba mais ou menos uns cem quilômetros. Fiquei impactado ao descobrir que não estava muito longe da cidade natal de Apuleio. O supervisor ainda indagou se eu queria que o hotel organizasse uma excursão para esse local. Agradeci a solicitude, porém disse que iria pensar no assunto, o que os desapontou um pouco.

Eu havia sonhado com um mito compilado por esse pensador argelino que vivera muito perto de onde estávamos. Minha conexão com a Argélia estava ficando mágica.

Saí um pouco perturbado do café da manhã. Sentei-me no saguão do hotel, sem forças para voltar ao quarto, escovar os dentes e esperar Rafik, que viria me buscar para a leitura do testamento. Uma espécie de medo tomou conta de mim e eu desejei estar longe daquele lugar. Estava sem coragem para engendrar um plano para conseguir um pouco de lã dourada.

– Será que devo ir com Rafik? – perguntei, um pouco desconcertado.

– Bom – respondeu Marie –, agora já estamos aqui. Que mal há em fazer isso? Senão, vamos ficar com essa pulga atrás da orelha pelo resto da vida.

– Será que é seguro? – continuei, deixando escapar um pouco da minha angústia.

– Por que alguém iria querer fazer algo contra a gente? Pagaram a nossa passagem, pagaram o hotel e até agora não senti nenhum temor. Não sei se fui convidada, mas eu vou com você – ela me disse.

– Não houve nenhum convite explícito, ou houve, sei lá. Ontem Haris disse que não sabia que você viria, mas iria arranjar tudo de modo que você também fosse bem recebida – argumentei –, mas Haris enfatizou que eu era um homem livre. Acho que nessa comunicação está o convite para que possamos ir juntos. Quando o Rafik chegar, a gente pergunta pra ele.

– Gostei desse "também fosse bem recebida" – disse Marie, enfatizando o "também". – Tudo indica que eles estão se esforçando por nos receber bem.

Subimos para o nosso quarto, o 496. Cada vez que eu olhava esse número na porta do quarto, achava que tinha mais um mistério a ser desvendado. Ou então minha vida tinha se tornado um tédio monumental e eu acabava procurando uma aventura em cada canto. Depois de escovar os dentes, coisa que faço umas dez vezes por dia, não sei por que, fiquei pensando se deveria levar ou não uma malha para o caso de fazer frio. Por outro lado, me dei conta de que estava na África e não deveria fazer frio. Mas e se no lugar da leitura do testamento tivesse ar-condicionado? Não estava nos meus planos ficar resfriado e voltar para o Brasil doente. Como se fosse algo que tivesse acabado de me ocorrer, perguntei com uma forçada naturalidade para Marie:

– Estou pensando em levar uma malha, o que você acha?

– Então leva – respondeu ela. – Simples assim.

Peguei então minha malha vermelha, coloquei nos ombros. Estava superquente. Dobrei e resolvi levar na mão. Enquanto resolvia esse problema complexo, ia até o banheiro e voltava, sentava-me na cama, levantava-me e voltava ao banheiro, arrumava o cabelo, voltava novamente. Minha esposa me olhava e nada dizia. Numa das voltas do banheiro, o telefone tocou. Meu coração quase saltou pela boca. Era Rafik, já no saguão, me esperando.

Saímos o mais rapidamente possível do quarto. Marie pegou naturalmente uma blusa que combinava à perfeição com o vestido escuro com desenhos brancos que tinha escolhido e levou consigo. Ela havia colocado o colar de 75 euros e tudo tinha composto um conjunto bonito para um país como aquele, pensei eu. Pensei também em discutir com ela que, se era tão óbvio que tínhamos que levar uma blusa, por que ela não me avisara? Mas achei muito fútil discutir por isso e, enquanto esses pensamentos estranhos tomavam conta da minha mente, o elevador chegou ao piso térreo.

A primeira coisa que Rafik nos comunicou foi um convite para que minha esposa fosse junto. Ele dizia que o Dr. Haris Abdellaoui pedia mil desculpas, mas havia se esquecido completamente de formalizar esse convite. Como esse foi o único assunto que eu tive com Rafik, passei todo o tempo da viagem, que, na verdade, foi curto, em silêncio. Pela manhã, a cidade estava um pouco mais agitada. Muita gente andando pelas ruas, muito comércio ambulante e uma gritaria danada de ofertas de mercadoria, conforme ia nos explicando o simpático e jovial Rafik. Num prédio, ao norte da cidade, perto do mar, ele estacionou o carro e nos convidou a subir ao quarto andar, onde ficava a sala do Haris.

O prédio parecia ser um edifício muito antigo, da década de 50, eu arriscaria, com um piso de ladrilhos pretos alternados com brancos e lambris de madeira na parede. Acima dos lambris, a parede estava pintada de um verde-argélia. O zelador, que parecia ser ainda mais velho do que o prédio, usava um gorro *kufi*. Eu achava que quem usava esse tipo de gorro eram somente os religiosos. Bom, o zelador poderia ser um religioso também. Minhas dúvidas sobre aquele povo se avolumavam. Se desse tempo, iria discutir isso com Haris. O velho senhor foi buscar no fundo dos seus conhecimentos um francês amarfanhado para me explicar que, assim que eu saísse do elevador, no quarto andar, era só ir para a direita e encontraria a sala do Dr. Haris Abdellaoui no fim do corredor. De fato, lá estava a sala dele, com o nome na porta, debaixo do número 496.

9. O Testamento

– Sejam bem-vindos – nos recebeu Haris Abdellaoui em sua sala 496, apresentando o melhor sorriso que tinha.

Na sala eu pude ver outras pessoas, inclusive um tuaregue com sua roupa azul característica e o *tagelmust*, um véu que serve como turbante e também cobre a boca e o nariz para poder enfrentar as agruras do deserto. Na sala de Haris, o tuaregue usava-o somente como um turbante. Depois, no deserto, viria a saber que o *tagelmust* servia para proteger contra os maus espíritos. Aprenderia ainda que aquele tom azul era uma tintura, mas não aplicada com água, um bem escasso no deserto, e sim aplicada com pedras raspando e batendo no tecido. Alguns pigmentos costumavam se soltar do tecido e tingir o usuário do véu, deixando-o com um aspecto azulado. Sedik, o tuaregue, era um homem azul.

Haris nos apresentou a Sedik, dizendo que era muito amigo do meu tio e tinha uma grande importância no clã de onde vinha – era o *marabou* daquela tribo, ou seja, uma espécie de chefe espiritual, um sacerdote. Alguém que ajudava todos os membros da tribo com seus problemas existenciais. Com meu olhar de estrangeiro, achei curioso que seres azuis que perambulavam pelo deserto em caravanas tivessem problemas existenciais. Enquanto minha mente ladrava esses pensamentos desconexos, a caravana estava passando.

Sedik nos cumprimentou polidamente, tomou a palavra e começou a nos contar da importância de Leonardo Pizzolante para o clã que ele representava. O *marabou* teve o cuidado de explicar que os tuaregues eram um povo berbere, com raízes islâmicas, mas seu clã seguia a escola maliquita, informação que para ele parecia substancial, mas para nós não significava nada. Segundo ele, a palavra tuaregue viria do árabe e teria um significado pejorativo, algo entre "abandonado por Deus" e "salteadores", o que não era verdade. Por isso, todos os tuaregues, ensinava Sedik, preferiam ser chamados de *Imazighen*, que significava "homens livres".

Agora a conversa de Haris parecia ter uma razão, quando fizera questão de frisar que eu era livre. Mas eu não era tuaregue. Então a conversa de Haris ainda não fazia sentido.

Estava me achando completamente despreparado para uma conversa como aquela, uma vez que não tinha nenhum conhecimento de nenhum tema que o *marabou* discutia. Parecia um peixe fora d'água. De repente, minha esposa interrompeu o chefe tuaregue e se desculpou pelos trajes ocidentais. Ela dizia que sabia que a religião islâmica tinha um código de vestimenta bastante rígido, mas que ela não conhecia quase nada desse código. Ela acabara de colocar sobre o vestido escuro a blusa que pegara ao sair do hotel.

Sedik sorriu e cuidadosamente falou da importância das mulheres na cultura deles. A sociedade tuaregue se organizava de uma forma matrilinear, ou seja, aos filhos da mulher era dada a condição de pertencimento ao clã, independentemente de quem fosse o pai. O poder era exercido pelos homens, mas as mulheres não precisavam cobrir o rosto com um véu. Isso era obrigatório para os homens. Ele, Sedik, podia descobrir o rosto para falar conosco porque já havia feito sua peregrinação para a Meca. Explicou ainda, para valorizar o papel feminino nas tribos, que era responsabilidade da mãe ensinar a filha a tocar o *imzad*, um instrumento típico desse grupo étnico.

– Nós somos bravos guerreiros – dizia Sedik – por medo de que nossas esposas ou noivas nos privem do som do *imzad*. Após essa explicação, deu um sorriso de felicidade. Devia estar soando um *imzad* dentro da cabeça dele.

Depois dessa feliz intervenção de Marie, perguntei se era muito rude, então, chamá-los de tuaregues. Se assim fosse, pedi que ele nos ensinasse como fazer referência ao povo dele.

– *Kel Tamasheq* – ele me respondeu prontamente, parecendo feliz com a pergunta – significa "aquele que fala *tamasheq*". Nosso idioma tampouco é o árabe, mas sim o *tamasheq*.

Por mim, já estava de bom tamanho aquela reunião. Aprendêramos muitas coisas e, embora não soubesse a razão dessa aula sobre a cultura berbere, achei interessante que ela tivesse ocorrido. Sedik, que era uma espécie de mago da tribo, parece que lia pensamentos também e disse, agora com um olhar mais severo:

– Preciso agora contar a você – e olhou para mim – um pouco da história do seu tio-avô Leonardo Pizzolante.

Dizem que os muçulmanos cultivam uma tradição milenar de contar histórias, cujo exemplo mais conhecido é o das *Mil e Uma Noites*. Acho que os maliquitas também eram bons nisso, porque a história que Sedik contou foi maravilhosa.

Meu tio havia saído da Itália na mesma época em que meus avós maternos tinham deixado o continente europeu, na virada do século XIX para o século XX. Só que Leonardo não acreditou na América e resolveu ir para o norte da África. Os governos das províncias de uma Itália ainda não unificada não faziam a menor questão de controlar essa diáspora italiana. Entendiam que estavam se livrando de uma massa considerável de desempregados. Muitos italianos abandonavam o país confiando na promessa de encontrarem uma vida melhor na América do Sul. Muitas dessas promessas eram falsas. Quando essa notícia chegou aos ouvidos de Leonardo, ele também resolveu abandonar Bérgamo, onde vivia, mas com outro destino: foi tentar a sorte no norte da África. O primeiro lugar onde chegou foi Tânger, no Marrocos, logo após a travessia do estreito de Gibraltar.

O primeiro fato interessante aconteceu aí, ressaltou o *marabou*. Nessa área existe uma fruta muito saborosa que havia ido para a América do Sul a bordo dos navios espanhóis. Pela facilidade do cultivo, a fruta recebera o nome de tangerina, a fruta que vinha de Tânger. Sedik conferiu conosco se era esse mesmo o nome até hoje dado àquela fruta no Brasil. Se a história terminasse ali já seria interessante, mas Sedik tinha um olhar que prometia uma continuação.

Leonardo entendeu que a diáspora italiana poderia levar essa fruta também para o sul do continente americano e resolveu intermediar a ida de mudas de tangerina para sua cidade natal, Bérgamo. Era mais barato do que promover uma exportação para o Brasil. E a rota Tânger-Bérgamo se concretizou, fazendo com que muitos italianos levassem e cultivassem essa fruta no sul do Brasil, onde se concentraram. Nesse local, a fruta, que agora vinha de Bérgamo, ganhou o nome de bergamota.

– É isso mesmo – não me contive com o final da história e confirmei os nomes sem que ninguém tivesse me perguntado. Marie me olhou e disse uma longa e clara frase, só com o olhar:

– Se liga – estamos na leitura de um testamento e seu comportamento precisa ser mais sério.

Com o dinheiro ganho com o negócio de frutas, Leonardo resolveu se aventurar no transporte de sal através do Saara. O sal é um bem precioso no deserto e uma das principais minas fica no norte do Mali. Leonardo descobriu que os ingleses estavam montando uma megaestrutura para realizar o comércio de sal. O centro desse empreendimento seria em Tombuctu, no Mali, já na região do Sahel.

– Sahel, como vocês sabem – explicou Sedik uma coisa que nenhum de nós dois sabíamos –, é uma faixa de terra que vai do Atlântico até o Mar Vermelho e que faz a transição entre o deserto e as florestas africanas. Em árabe, Sahel significa borda do deserto.

Acontece que essa tarefa de transportar mercadorias através do deserto era um negócio dos tuaregues desde sempre. Eles introduziram a criação de dromedários e usavam esses animais para formar enormes caravanas de 1000 a 1200 dromedários e fazer a travessia do Saara levando sal e também um outro bem precioso, que era a noz-de-cola ou obi, como eles a chamavam. Tratava-se de uma semente de uma enorme árvore africana com uma quantidade muito grande de cafeína e que tem um significado ritual para alguns grupos étnicos que a compartilham com visitantes como sinal de acolhimento. A noz-de-cola era um dos únicos estimulantes permitidos pelos muçulmanos e houve um tempo em que o pó da noz-de-cola era trocado por pó de ouro.

Dito isso, o *marabou* tuaregue Sedik abriu uma caixa em forma de pirâmide, tirou algumas dessas sementes e nos ofertou. Duvidei um pouco daquela história e achei que iria ficar zonzo com aquele estimulante, mas não dava para recuar num momento como aquele, e eu e Marie comemos nossa noz-de-cola. Nada aconteceu, a não ser a sensação de termos tomado um café forte. O mais importante, pensei eu, foi o preâmbulo: uma volta retórica enorme para dizer que estávamos sendo bem acolhidos.

O mercado de transporte de sal quase foi desmontado pelos ingleses, que viram o potencial desse negócio e pensaram em investir pesado construindo vários entrepostos no deserto para garantir esse transporte. Seria impossível concorrer com eles, até mesmo usando a força, nos disse o tuaregue.

– Se os atacássemos com armas e homens, iríamos ficar sujeitos a uma retaliação e os ingleses já haviam provado ser bem cruéis no deserto, além de ter um poderio militar bem superior ao nosso. Iríamos perder a rota do sal, o que causaria uma desestruturação muito grande nos clãs tuaregues do Saara. A rota da noz-de-cola não era suficiente para justificar a estrutura de caravanas montadas pelo meu povo – completou Sedik – e foi aí que entrou Leonardo, seu tio, que já estava em contato com eles no norte do Mali.

– Ele participou dessa história? – perguntei. – Mas como?

– Sim, ele nos ajudou muito. Muitas tribos tuaregues não acreditavam que um estrangeiro fosse nos ajudar, mas relembramos, num conselho de clãs, do francês Charles Eugène de Foucauld, que no começo do século XX tinha vindo para o deserto e se tornado um grande amigo dos *kel tamasheqs*. Os chefes mais conservadores lembravam-se de Charles de Foucauld e resolvemos confiar mais uma vez num estrangeiro.

– E o que Leonardo fez? – quis saber.

– Não sei exatamente. Ele nunca nos contou detalhes, mas de alguma forma ele convenceu os ingleses de que não valia a pena para eles o investimento na rota do sal no Saara, e eles desistiram do empreendimento. Desde então, Leonardo ficou conosco. Ele tinha uma casa aqui em Annaba e outra no sul da França, mas participou de inúmeras caravanas pelo deserto. Com a pele queimada pelo sol e debaixo de um *tagelmust* como este – disse Sedik, pegando sua própria roupa – ninguém imaginaria que se tratava de um italiano.

– Que história bonita – disse eu, realmente encantado com a aventura de um desconhecido tio na vastidão árida do deserto.

Aquele povo, outrora nômade, tinha um dom especial para histórias insólitas. A alma deles ainda vagava pelas infinitas dunas do deserto do Saara. Encantado com aquela linda história de um tio desconhecido, nem tinha ainda a mais pálida ideia do que iria ainda nos acontecer.

– Monsieur Sedik – continuei –, fiquei feliz de saber dessa linda história, mas, se o senhor me permite perguntar, como é que eu e Marie nos inserimos nesse contexto?

– Só mais um instante, meus caros – disse Sedik, como se estivesse percebendo minha ansiedade. Com a calma que prenunciava uma notícia bombástica, ele continuou:

– Tenho mais algumas coisas para contar de Leonardo. Como vocês devem saber, os *kel tamasheqs* são animistas. Tudo no mundo tem uma essência espiritual, não somente os humanos, mas os animais, as pedras, as montanhas, os fenômenos meteorológicos, tudo, enfim. Creio que isso seja uma herança dos deuses egípcios, que se acreditava serem divindades ligadas aos raios, ao sol, à chuva e assim por diante. Também a iconografia grega tinha algumas dessas características. Pois bem, existe um clã de *kel tamasheqs* que presta culto para Tanit, uma deusa púnica, venerada em Cartago, que ficava a alguns poucos quilômetros de onde estamos, na vizinha Tunísia. Até hoje os tunisianos mais tradicionais invocam a Mãe Tannou para pedir chuva.

– Meu tio tinha alguma ligação com esse culto? – disse, com uma certa apreensão.

– Sim – respondeu Sedik –, ele era devoto dessa deusa e tinha muito respeito pelas crenças *tamasheqs*.

A resposta de Sedik teve o objetivo de responder à minha pergunta e de me indicar que apreciava quem mostrasse esse mesmo respeito.

– O símbolo de Tanit – continuou Sedik, dirigindo-se a Marie – é o motivo do presente que Leonardo deixou para a senhora. Se a senhora não viesse, seu marido seria o portador desta lembrança.

10. O presente de Marie

Sedik entregou a ela um lindo pacote: uma caixa de papel-cartão que continha uma pirâmide de madrepérola. Fui para mais perto de Marie para ver o presente do tio Leonardo. A pirâmide tinha uma base quadrada de uns dez centímetros mais ou menos e uma altura muito maior do que a base. Ao pegar na mão aquele objeto percebi que tinha um encaixe muito delicado na base, que poderia ser removida, como se aquilo fosse um porta-joias. Marie sugeriu que aquilo seria um fecho. Ela abriu a caixinha piramidal e lá dentro havia um colar, muito bem-feito. O símbolo dourado que pendia de um cordão também dourado parecia representar uma figura humana: o corpo com a forma de um triângulo isósceles, a cabeça era um círculo, os dois braços levantados e as mãos viradas para fora, como numa prece. Os dois braços formavam uma única linha que ficava perpendicular à altura do triângulo. Parecia um amuleto e era uma peça muito bonita. Lembrei-me num flash desse nome – Tanit. A Salambô de Flaubert era sacerdotisa do templo de Tanit. Estava vasculhando todos os cantos da minha mente em busca de alguma informação sobre tudo aquilo que estávamos vivendo, mas nada vinha em meu auxílio.

– Pois bem – continuou Sedik –, Leonardo tinha um apreço enorme pela cultura local e gostava de entender a alma das pessoas que ele agora considerava seu povo. Por isso estudava as deidades locais e ficava intrigado pelo fato de todos os sentimentos das pessoas serem cristalizados e consolidados na figura de um deus. Encantava-se com o sol de cada dia ser colocado no alto dos céus por um deus. Os gregos discutiam se esse deus era Apolo ou Hélio, os romanos adotaram Febo como deus do sol e os egípcios gostavam da ideia de um deus Rá, que iluminava a terra e era o pai da vida. Os incas, na América do Sul, de onde vocês estão vindo, amarravam Inti, o Sol, numa pedra com cordas poderosas e invisíveis para que pudessem puxá-lo novamente para iluminar o dia seguinte. Leonardo, o italiano *kel tamasheq*, via muita poesia nos mitos e nas crenças populares e gostaria de compartilhar isso com seus descendentes. Ele esperava que alguém surgisse numa esquina qualquer e dividisse com ele essa paixão pela mitologia. Conforme o tempo foi passando e a velhice o envolvia num manto branco de cansaço e fragilidade, ele foi perdendo as esperanças de encontrar um depositário para seus sonhos. Um dia ele me disse: "Sedik, o deserto não tem esquinas – nunca vou achar ninguém do meu sangue que me entenda".

– Ele não se casou? Não teve filhos? – indaguei.

– Não – continuou Sedik –, mas um dia ele recebeu uma notícia que encheu seu coração de felicidade. Todos nós, que viajávamos para outros países em busca de equipamentos para facilitar a rota do sal e desenvolver negócios, sabíamos dos desdobramentos da família dele. Sabíamos onde tinham ido parar os Pizzolante no mundo todo porque, se por acaso encontrássemos uma pista do que queria Leonardo, teríamos a oportunidade de retribuir, pelo menos em parte, tudo que ele fizera por nós. Com isso em mente, um associado nosso, Salah, primo do nosso caríssimo Haris Abdellaoui, foi numa missão de negócios para Madri.

Nesse momento olhei para Haris, que tinha um sorriso de felicidade no rosto por ter sido, finalmente, incluído nessa longa história.

– Acontece que esse rapaz entrou numa livraria em Madri, a Livraria Pasajes, ao lado do metrô Alonso Martínez, que o senhor deve conhecer – continuou Sedik, olhando para mim. Nem tive tempo de anuir e ele continuou.

– Salah queria comprar livros árabes e teve a informação de que a Livraria Pasajes vendia livros em diversos idiomas, o que o fez visitá-la. Nesse local, encontrou um livro seu.

Meu coração gelou com essa revelação. Realmente numa viagem que fizera a Madri com Marie para visitar nossa filha, que, nessa época, fazia seu mestrado nessa cidade, deixei alguns exemplares do meu livro, *A Oferta de Afrodite*, na Livraria Pasajes. Nunca soube se os livros tinham sido vendidos ou não. O sabor dessa viagem se concentrava em minha memória no formato da Rosca de Reyes que havíamos comprado na saída da livraria para celebrar o Dia de Reis junto com nossa filha. Nunca tínhamos celebrado antes o Dia de Reis e nunca celebramos depois, mas na Espanha era uma data celebradíssima e resolvemos aderir ao costume local. O que ficara em minha memória fora a celebração com essa deliciosa iguaria espanhola. A visita à livraria perdera-se entre tantas recordações. Aparecia agora no discurso de um *marabou tamasheq*. O Dia de Reis, *A Oferta de Afrodite*, os tuaregues andando pelo deserto em seus camelos fizeram com que viesse à minha mente uma insólita versão dos Reis Magos seguindo uma estrela para ofertar ouro, incenso e mirra ao Menino Deus.

– Sim, é isso mesmo. Eu deixei alguns livros à venda nessa livraria – disse rapidamente para afastar aquelas imagens desconexas.

– Pois então. Salah comprou o seu livro porque sabia que você era um parente brasileiro de Leonardo. Todos sabíamos que sua mãe era Pizzolante e que deixou de usar esse sobrenome quando se casou com um descendente de espanhóis. Desde então passou a usar o sobrenome Benito, do seu pai, e que você e Marie agora usam.

– É tudo verdade – disse, um pouco atarantado. – Como é que vocês sabem de tudo isso? Não é nenhum segredo, mas é um detalhe que eu achei que só interessasse a mim.

– Nosso esforço para recompensar Leonardo era realmente grande – explicou Sedik. – Agora chegou a hora de apresentar-lhes Yasmine.

Ao dizer isso, ele olhou para o fundo da sala e uma senhora muito bem-vestida se levantou, veio até nós e nos cumprimentou no mais perfeito português. Não aquele português inconfundível que se fala em Portugal, mas um português brasileiro perfeito. Marie me olhava com um olhar de "me explica" que eu devolvia com uma expressão cada vez mais atônita.

– Queria cumprimentá-lo pelo seu lindo livro – disse Yasmine, olhando para mim. – Meu doutorado na Universidade Badji Mokhtar, aqui em Annaba, foi em Língua e Literatura Brasileira e tive o prazer de ler e traduzir seu livro para o sr. Leonardo Pizzolante. Foi em algumas noites nas quais nos reuníamos na tenda do sr. Leonardo no começo do deserto, logo após cruzarmos as montanhas

Atlas. Era um lugar que ele gostava muito. À luz de uma fogueira, lia em português e procurava fazer uma versão em árabe para que todos entendessem as aventuras de José Pedro e Mariana na Itália natal do sr. Leonardo. Muitas vezes, a leitura foi interrompida porque o sr. Leonardo não conseguia conter a emoção que seu livro lhe causava. Ainda bem – sorriu Yasmine –, porque eu também não pude conter as lágrimas em muitos momentos.

Estava emocionadíssimo com esse relato e apertava a mão de Marie com tanta força que fiquei com a impressão de que havia esmagado alguns de seus ossos. Antes que pudesse dizer qualquer coisa, Sedik retomou a palavra, em seu francês perfeito.

– Não entendi totalmente o que Yasmine lhe contou, mas imagino que tenha sido sobre as noites no deserto lendo o seu livro. Após essa leitura, Leonardo veio falar comigo e me disse que finalmente tinha encontrado um familiar com o mesmo gosto que ele pela Mitologia e que eu seria o portador de uma oferta para o senhor. Ele teria gostado de fazer pessoalmente essa oferta, mas não teve tempo. Sua vida foi muito curta.

– Uma oferta? – balbuciei. – Já estou impressionado com tudo isso que o senhor me conta. O que mais poderia acontecer?

– A oferta, aliás – continuou Sedik –, foi formatada pelo senhor no seu livro. Três eram as ofertas propostas a Páris: Afrodite ofertara a ele o amor e a paixão caso fosse ela a escolhida como a mais bela do Olimpo. Confere?

– Sim – disse eu –, mas o que isso quer dizer neste contexto?

– Deixe-me terminar – pediu Sedik. – Depois a deusa Hera prometeu a ele todo o império da Ásia, ou seja, uma recompensa material enorme, e finalmente Palas Atena ofertou a Páris uma infinita sabedoria, que lhe asseguraria uma vitória em todos os combates que travasse na vida. Está correto o nosso entendimento da sua descrição?

– Perfeito – disse eu –, é isso mesmo.

– A proposta do sr. Leonardo é exatamente essa. Agora é sua vez de escolher: o que o senhor escolheria? Seja qual for a sua escolha, faremos todo o possível para atendê-la. A melhor maneira de entender isso é usando as palavras do próprio senhor Leonardo: o senhor veio para o deserto e encontrou uma lâmpada mágica. Ao acordar o gênio que ali dormia, você ficou em contato com três propostas. Mas, diferentemente da história de Aladim, o senhor só poderá escolher uma dessas ofertas. Adapte sua escolha a uma dessas propostas.

Fiquei olhando para Marie, que também não sabia o que dizer. Ela, tão hábil em escolhas, e tão orgulhosa disso, agora não me ajudava em nada. Não conseguia perceber nem se estávamos numa situação de perigo ou se aquilo era mesmo uma aventura. Desde Paris, o volume de emoções vinha vindo num crescendo. Aquelas pessoas sabiam tudo da nossa vida. Mas por que nós? Será que o tal Leonardo realmente existira? Eu o vira no dia anterior, morto, no caixão, mas num caixão qualquer um pode se chamar Leonardo. Na tentativa de esclarecer alguns pontos sobre a minha decisão para o gênio da lâmpada, me voltei novamente para Sedik, que nos deixara um instante a sós e conversava agora com Haris Abdellaoui.

Ao me aproximar dos dois, eles interromperam a conversa e Sedik me disse:

– O senhor já escolheu?

– Ainda não, mas... – nem terminei de falar e ele emendou:

– Imaginamos mesmo que seria algo difícil de escolher. Mas, como precisamos fechar hoje o inventário de Leonardo, preparamos uma sala para que o senhor e sua esposa conversem durante uma hora e decidam o que querem. Por favor, me acompanhe até a sala aqui ao lado. Providenciamos algumas coisas para que os senhores comam, se tiverem fome, e um chá para ajudar na melhor decisão.

Sedik nos acompanhou à sala contígua ao salão onde estávamos. Na mesa, água quente para um chá e uma travessa com alguns *qaryush tajin*.

11. A Escolha

– Se você tinha dúvidas de que nos vigiavam, pode ter certeza agora – disse Marie apontando os doces de que havíamos gostado tanto no jantar da noite anterior.

Eu peguei uma iguaria daquelas e comi. Talvez aquilo servisse para aplacar o frio no estômago que eu sentia. Pela primeira vez senti medo. Se quisessem atentar contra as nossas vidas, já o teriam feito, então parece que essa não seria a razão do medo. Fomos tratados tão bem e os detalhes que haviam tirado do meu livro eram muito reais. Estávamos a ponto de ganhar um presente? Um megapresente? Por que, então, não davam logo esse presente, sem toda essa encenação? O que mais tinha por trás dessa história? Minha cabeça procurava obsessivamente uma lógica e não a encontrava. Abri a jarra com água quente para o chá e a derramei um pouco no meu braço. Dei um grito de dor, que assustou Marie ainda um pouco mais.

– O que você está fazendo? – perguntou-me ela, atônita com o meu comportamento.

– Queria ver se acordava, Marie. Isso parece um sonho, sem lógica, sem pé nem cabeça. Queria estar em casa, senhor dos meus atos, identificando causa e efeito, como sempre fiz. Quem é esse Sedik? Será que existiu mesmo esse tio Leonardo? Por que forjariam essa história?

– Por que não pensamos na proposta dele? Poderíamos escolher algo, embarcar nessa loucura e ir embora pra casa. Não gostaria de voltar para aquela sala e dizer que não escolhemos nada. Veja – continuou ela –, estou me colocando nesse processo de decisão porque essa história está me angustiando também.

Marie sempre foi pragmática. Parece que sempre tinha um plano. Não era um plano muito brilhante, mas, naquela escuridão, uma vela acesa podia iluminar um caminho.

– Podemos pensar – dizia ela – nas diferentes escolhas que poderíamos fazer. Aí depois decidir o que pedir dentro dessa escolha.

Pragmática e cartesiana.

– Bom – experimentei alguns passos com a iluminação tênue providenciada por Marie –, creio que a oferta de Afrodite não nos cabe, certo?

– Você escreveu um livro sobre isso – disse ela. – Deve saber mais desse assunto do que ninguém.

– Acho que escolher uma paixão não é o caso. Não sei se é uma boa hora para dizer isso, mas tenho você, que me basta.

– Hmmm, que lindo – sorriu Marie. Aquele sorriso me deu a certeza de estar apaixonado pela pessoa certa.

– Além disso – continuei –, eu sei que é sempre bom se apaixonar, ainda que metaforicamente. Eu tenho várias paixões, você sabe: a música, a literatura, a tal da mitologia, que parece que foi o que nos trouxe aqui, os nossos filhos, nossos netos. Não me parece justo com o meu próprio empenho para desenvolver paixões que eu solicite a graça de poder me apaixonar. Páris estava maluco quando raptou Helena. Causou uma guerra sangrenta, provocando a destruição de Troia. As paixões do meu livro também provocaram desentendimentos. Estou bem de paixões. Não preciso ter mais.

– Então a escolha fica só entre a sabedoria e a grana? – questionou Marie.

– O que você acha?

– Não sei. Lembre-se que o desejo é seu. O tio era seu. "Me inclua fora dessa" – disse Marie usando nossa frase *non-sense* predileta.

Ela estava me ajudando muito, embora eu não tenha percebido com muita clareza naquele momento. Usei a proposta cartesiana dela e estava dividindo minha vida em pequenas partes para descobrir o que faltava. Passei a vida lendo milhares de autores e me encantando com suas ideias, suas propostas e a filosofia que disseminavam. Bem que algum deles poderia aparecer agora e me ajudar a sair desse dilema. Não exatamente para ajudar na minha escolha, mas para me ajudar a entender como é que eu tinha ido parar nesse lugar. Que caminhos percorri para estar um dia na minha vida numa sala em Annaba, na Argélia, com minha esposa ao lado e tendo que fazer uma escolha. E com um monte de tuaregues do lado de fora, ávidos por saber o que eu iria escolher. Nem Kafka, Ionesco ou Beckett, que adoravam um absurdo, me ajudavam nessa hora. Ou então eu era muito burro e não tinha entendido nada quando li o que eles escreveram. Parecia que tinha vivido mais de sessenta anos encantado com a sabedoria humana, mas sem condição nenhuma de elaborá-la, de usar algo em que pudesse me apoiar. De que tinha servido tudo aquilo?

Depois de tantos anos vividos e de muito tempo gasto em vãs reflexões, tinha sessenta minutos para fazer uma escolha. Talvez menos agora. Queria ter vinte anos a menos. Isso me faltava, sem dúvida. Queria me livrar dessa dor no joelho, que me incomoda há anos. Queria também saber russo e mandarim. Eu havia até tentado, quando trabalhei uns meses na China e quando visitei Moscou, mas não consegui aprender nada além de algumas palavras esparsas. Imaginei o prazer que teria ao ler meu livro predileto, *O Mestre e Margarida*, do Bulgakov, no original. Em chinês, meus objetivos não chegavam nem até a literatura. Adoraria poder ler placas nas ruas de Pequim. Saber o que elas indicam e por onde eu deveria ir. Adorava fazer isso na Grécia, usando o parco conhecimento que tinha das letras gregas, que eu sabia por ter estudado Engenharia na faculdade, onde lambda era um comprimento de onda e teta era um ângulo. Ah! Queria saber grego também.

Não pensei nenhum minuto em ter muito dinheiro, pelo menos não com essa intensidade com que pensava na Sabedoria. Queria ter vivido uma realidade com mais métodos do que devaneios. Foi exatamente por isso que resolvi fazer Engenharia quando jovem. Só depois é que resolvi escrever livros e me meter na incrível confusão das ideias. Incrível, absurda e deliciosa confusão das ideias. Tive um amigo de faculdade que, ao invés de ler ou viajar ou conversar sobre a vida, comprava casas. Acho que ele agora tem mais casas do que eu tenho ideias. Aliás, neste exato momento, tenho certeza disso, pois não consigo ter nem sequer uma ideia. Só lembranças de escolhas não feitas.

– Acho que a gente vive bem com a grana que tem, você não acha? – disparei a pergunta para Marie. – Não dá para termos uma

Ferrari, mas, com essa dor no joelho, sentar naquele banco baixo da Ferrari iria ser um problema.

Sem que eu me desse conta, um poeta mineiro é que veio conversar comigo num momento como esse. Carlos Drummond de Andrade espreitava meus pensamentos e eu comecei a lembrar do que ele escrevia. Quando tomei contato com a obra de Drummond, achei uma porcaria. Por que será que tinha ficado tão famoso? "Só aos poucos é que o escuro é claro", depois iria me ensinar Guimarães Rosa, outro mineiro. Ele não falava sobre Drummond, mas para mim serviu para isso.

E fui aprendendo de novo a ler. Reaprendi a linguagem da alma com o Drummond. Fui alfabetizado pelo Drummond. Meu amigo poeta Carlos Drummond de Andrade, que tantas vezes me socorrera em tempos difíceis, veio mais uma vez para me ajudar, quando me lembrei de um verso dele: "Há muito suspeitei o velho em mim". Grande ajuda também. Aconteceu de estar revisando a minha vida em sessenta minutos, mais ou menos um minuto para cada ano vivido. Nessas revisões, a gente percebe que envelheceu. É claro que tinha que aparecer uma coisa assim. Minha lógica implacável não me abandonava. Deveria ter servido para comprar casas, e não para pensar em Drummond. Mas ele continuava: "Lá onde não chegou minha ironia, / entre ídolos de rosto carregado, / ficaste, explicação de minha vida, / como os objetos perdidos na rua". A explicação da minha vida deveria estar lá fora, nas mãos deles.

Pensando bem, o Drummond também não tinha ajudado em nada – só serviu para entender que estava ficando velho e morrendo de medo do novo. Precisava reagir, precisava urgentemente ter vinte anos a menos. Minha cabeça estava rodando a mil por hora. Não conseguia conectar um pensamento com o outro para dar uma resposta para Sedik, o tuaregue.

De repente, a explosão.

Peguei Marie pela mão, num gesto decisivo, e disse:

– Marie, vamos pra casa.

– Mas o que você decidiu? – arguiu ela.

– Você vai ver.

Abri a porta e Sedik se levantou nesse mesmo momento, me olhando inquisidoramente.

– Monsieur Sedik, posso pedir qualquer coisa?

– Sim – disse ele, com uma certa apreensão.

– Não sei se vocês vão poder cumprir, mas não importa. Assim a gente encerra esse assunto de uma vez por todas.

– Diga – falou serenamente, agora, o guerreiro tuaregue.

– Olha – lancei eu o mais estapafúrdio dos desejos –, queria aproveitar que estamos na Argélia e poder ter um pouco de sabedoria.

– Sim? – estimulava Sedik.

Marie me olhava com um olhar que clamava: "o que será que esse cara vai fazer?". Silêncio total na sala.

– Pois bem. Eu gostaria de poder conversar com três grandes e notórios sábios argelinos.

– É esse o seu desejo? Falar com três grandes sábios argelinos?

– Sim – confirmei, saboreando o ponto final que estava dando para aquela conversa tola de gênio da lâmpada que vem para satisfazer seus desejos. Estava duvidando que eles encontrassem três sábios famosos. Ainda mais em Annaba.

– Vamos ver o que pode ser feito – sorriu Sedik, como se já tivesse algo em mente.

12. Maweid

Acordei numa tenda no meio do nada. Já era noite e fazia frio. Felizmente tinha trazido aquela blusa vermelha que pegara na última hora no quarto do hotel. Olhei para o lado, vi a blusa e vi também Marie, que ainda dormia. Tentei me levantar para me proteger do frio e proteger Marie também, que estava toda encolhida. Só aí percebi que minha cabeça pesava uma tonelada.

Deitei-me novamente e fechei os olhos desejando que aquela dor sumisse. Não me lembrava como tinha ido parar naquela tenda. Tentei ficar em pé – o joelho reclamou, mas doía menos que a cabeça. Encontrei um pano azul num canto da tenda e cobri Marie com ele.

Saí para a noite. A tenda em que estávamos não era a única. Havia outras ao redor e uma fogueira que estava quase se apagando. Percebi naquele momento que estava no meio do deserto. Quando a fogueira se extinguisse, iria ficar uma espessa escuridão, imaginei.

Aí olhei para o céu.

É impossível estar no deserto à noite e não olhar para o céu. O espetáculo das estrelas era algo fantástico, nunca tinha visto nada parecido. Não conseguia levantar a cabeça para olhar, porque doía mais ainda. Mas não conseguia parar de olhar. Resolvi me deitar, na areia mesmo. Parecia macia – e era. E contemplei o céu.

Ouvi um barulho ao lado e virei a cabeça para ver o que era. Eram dois camelos num cercadinho. Acho que eu os acordara, apesar do silêncio que fazia.

Será que eu tinha morrido – e aquele era o paraíso? Com abundantes estrelas no céu e alguns camelos presos? Estaria eu então no paraíso? Passou-me pela cabeça que o deserto deveria ser quente à beça durante o dia – então o inferno e o paraíso eram um lugar só. Quente de dia e frio à noite? E o deus daquilo tudo? Seria Allah?

Meu estômago estava revirado, uma náusea enorme me acometeu. Náusea, dor de cabeça e deitado na areia. Não poderia ser o paraíso. Aos poucos me dava conta de que não sabia onde estava e não tinha a menor ideia de como tinha chegado àquele lugar. Eu poderia acordar Marie e sairmos os dois correndo. Ninguém nos vigiava. Mas correr para onde? Era tudo areia, céu e estrelas. E os dois camelos.

Enquanto lidava com minhas limitações físicas e aquele universo ilimitado, Marie me chamou, com uma voz tênue. Deveria ter ficado ao lado dela e esperado que ela acordasse.

– Onde a gente está? – perguntou ela, quando voltei à tenda.

– Não sei, Marie, mas acho que é no deserto.

– Não estou me sentindo bem, disse ela.

– Dor de cabeça?

– Sim. E muito enjoada. Será que foi aquele crepe?

– Que crepe? – disse eu.

– Você não se lembra? Da creperia perto do mar. Lá na cidade.

– Vem aqui pra fora, Marie. Vem ver o céu – e apontei a dobra da lona que servia como porta da nossa tenda.

Marie adorava o céu. Sempre me chamava para ver quando tinha lua cheia. Será que ela estava delirando com essa história do crepe? Ou será que tinha acontecido algo que minha memória tinha apagado completamente? Queria me distrair com o céu para não ter que lidar com o esquecimento. Precisava também me lembrar de apresentar os camelos para Marie.

Ela saiu da tenda e se encantou com as estrelas. Facilitei para ela as comodidades da areia fofa para que pudéssemos, juntos, ver mais confortavelmente o céu. Dormimos ali mesmo, de mãos dadas.

Acordamos com o dia amanhecendo e algum movimento ao redor das tendas vizinhas. Alguns vultos vestidos com aquela roupa típica dos homens do deserto, com seus turbantes, acordavam e causavam algum barulho ao redor. Corremos para a "nossa" tenda, o lugar mais seguro que podíamos imaginar naquela situação, e esperamos o dia nascer completamente.

– Marie, me lembrei do restaurante de crepe. E depois chegou o motorista, lembra? Será que foi ele que nos trouxe aqui?

– O Rafik? Não me lembro dele. Depois que saímos da sala do Haris, não vi mais o Rafik.

Quem abriu a porta de lona da nossa tenda e quase nos matou de susto foi uma mulher. Ela falava um francês difícil de entender e perguntou se queríamos comer alguma coisa. Ofereceu tâmaras e leite numa tenda ao lado, uma espécie de refeitório. Tentei perguntar a ela o que estávamos fazendo ali, mas ela não soube dizer. Ou não quis. Perguntei seu nome e isso ela me disse: Fatou. Algumas tâmaras superdoces e um copo de leite foram responsáveis pela mágica de nos livrar da dor de cabeça. Eu estava incomodado por não poder escovar os dentes, mas achei melhor não reclamar disso.

Depois Fatou, nossa anfitriã, nos levou de volta à nossa tenda e mostrou duas vestimentas azuis, que seriam mais adequadas para o deserto. Nós devíamos vesti-las, nos informou. E saiu da tenda, como se esperasse que isso acontecesse. Tentamos entender como vestir aquilo. Nos livramos das nossas roupas e colocamos os trajes de tuaregues. Quando saímos da tenda, Fatou arrumou um detalhe ou outro que não soubéramos ajeitar, entrou na tenda, pegou todas as nossas roupas e o presente de Sedik, colocou tudo dentro de um saco de couro mole e nos entregou. Pele de dromedário, ela disse, apontando nossa trouxa de viagem. Então aquilo que eu vira não eram camelos, mas dromedários.

Depois Fatou nos levou até onde estavam os dois, agora dromedários, que eu havia visto durante a noite e nos apresentou os animais:

– Este é Alsafina e será o transporte da senhora – e olhou para Marie –, e este é Aljaf e será seu transporte – olhando para mim.

– Transporte para onde? – interrompi seu discurso.

Ela parou de falar, respirou fundo e continuou:

– E este é Al Zayn, que só fala árabe e vai ser seu guia até o Maweid.

– Maweid? O que é isso? – perguntei.

– É a expressão em árabe para Encontro Marcado.

13. O psicanalista gago

Quando dei por mim, estava na rua com o sol forte batendo no meu rosto. Marie não parava de falar ao meu lado, mas não consegui registrar nenhuma palavra que ela dizia. Quando passei pela portaria do prédio, o velho com o gorro *kufi* me olhou demoradamente. Ou não. A sensação que eu tive foi ver sua silhueta contra a parede pintada meia barra com o verde-argélia. Mesmo caminhando para a porta da rua, olhando para a rua, tinha a impressão de continuar vendo-o. Era um torpor de quem não tinha mais desejos. Rememorei as cenas que acabara de viver na sala de Haris Abdellaoui como se fossem cenas de um filme, de algo que eu sabia o que era, mas que não tinha acontecido comigo. Algumas imagens persistiam em minhas retinas. Fechava os olhos e elas não me abandonavam. Percebi que fechava os olhos por causa do sol, que estava forte.

Uma vez tínhamos sido assaltados em Milão e eu estava completamente atento aquele dia, ou achava que estava. Esse fato me passou pela cabeça e, atarantado como estava, imaginei que seria agora uma presa fácil. Annaba não tinha aquele ambiente hostil de Milão, mas mesmo assim me preocupei. Me preocupei tanto que me lembro de ter perguntado para Marie:

– Será que vamos ser assaltados?

Como num passe de mágica, ela parou de falar. Apertou minha mão e caminhou comigo até um banco da praça, sob uma árvore. Na verdade, ela ainda falava, mas o tom era muito mais doce. Antes que pudesse falar com ela, lembrei-me da infância, quando minha mãe ia me acordar, porque já não era mais hora de dormir. Ao contrário de um despertador barulhento, ela falava macio, mostrando as vantagens de acordar mais cedo, para poder aproveitar melhor o dia. Eu não prestava mais atenção do discurso porque era sempre o mesmo, mas ficava embalado pelo tom de voz materno.

– Você não está bem? – foi a primeira coisa de que me lembro de ouvir Marie falando.

– Acho que estou. O que aconteceu?

– Nada importante – disse ela –, você só marcou um encontro com três grandes personalidades locais. Se eles toparem continuar essa brincadeira, provavelmente nós vamos conversar com um autor argelino de livros de autoajuda. Nós, não – riu ela –, você vai. E tomara que o seu notório sábio só fale árabe.

– Não seja irônica – começava a me recuperar.

– Quer alguma coisa? Quer almoçar? Beber uma água? – cuidava Marie.

– Ainda não sei. Vamos ficar aqui mais um pouco.

– O que deu em você? O que foi aquilo lá em cima? Esse pessoal é estranho, mas foram educados conosco.

– Por que você está falando isso? – contra-argumentei. – Você queria que eu tivesse pedido grana?

– Ora, o ponto não é esse. Você sabe que não é. A questão é que houve toda aquela explicação da vida do seu tio, o presente que me deram, a formalidade. E você pede pra conversar com três notórios sábios? De onde você tirou essa ideia? Foi meio estranho, você não achou?

Eu não conseguia discutir aquele assunto e, de repente, me deu uma vontade enorme de voltar para casa. Ou voltar para o hotel, tomar um banho e me esticar na cama. Olhei bem no rosto de Marie e a única coisa que consegui perguntar foi:

– Cadê o Rafik?

Marie me olhou atônita. Deve ter achado estranho eu estar preocupado com o motorista. Devia ser mais um efeito colateral do surto na sala de Haris.

– Deixa pra lá – eu disse –, a gente se arruma.

Estava tentando ser prático, agora, talvez um pouco tardiamente, mas pensava incessantemente em como chegar ao hotel. O sol argelino tinha cegado minha capacidade de agir. Ou fora a explosão com o tuaregue? Passou pela minha cabeça a ideia de culpabilizar Marie, afinal de contas fora ela que insistira para que viéssemos à Argélia, com aquele estapafúrdio convite numa caixa na Gare du Nord em Paris, mas achei melhor encerrar meu repertório de insanidades.

Tinha a impressão de que estava recobrando o equilíbrio. Estávamos há meia hora na rua e ainda estávamos vivos. Isso deve ter acalmado Marie também, que sugeriu:

– Vamos almoçar?

– Quer voltar lá no escritório do Haris e pedir uma dica de restaurante? – arrisquei a piada.

Ela me fulminou com o olhar e com as palavras:

– Ou então perguntar para três notórios sábios argelinos onde podemos encontrar um bom lugar para almoçar.

Pronto, já estava colhendo os frutos da minha, agora, notória idiotice.

– Desculpe-me – sorri para ela –, havia me esquecido que você é a grande detetive dos restaurantes.

Adivinhamos o mar, pelo cheiro, pelo vento, e caminhamos em sua direção. Logo Marie viu uma creperia, l'Alouette des Champs, e olhou para mim. Nada precisava ser dito depois desse olhar. Ali deveria ser o jardim das delícias.

Era um lugar simpático, mas principalmente nos dava a sensação de estarmos de volta ao mundo razoavelmente normal que conhecíamos. Ainda me incomodava a reunião de que acabáramos de sair. Ainda sentia o cheiro daquela sala, o barulho daquelas portas. Será que deveríamos estar ali? Não teria sido melhor voltar para o hotel, talvez um lugar mais seguro? Estava com uma sensação estranha, de que tudo só acabaria mesmo, de verdade, quando voltássemos ao Brasil. Ainda teríamos uma escala em Paris, para pegar o resto das nossas coisas que estavam lá.

Segundo o mapa no meu celular, estávamos a uns quatro quilômetros do hotel. Iria precisar de um táxi, uma vez que Rafik nos abandonara. Achei estranho ninguém ter falado nada em nos levar de volta ao hotel, depois de tantas mesuras durante nossa estadia. Comentei isso com Marie, que devolveu de primeira:

– Também, depois do que você falou. Só podia dar nisso, né?

– Será que a gente consegue um táxi fácil?

– Não desconversa, não. Ainda quero entender por que você fez isso.

– Olha o crepe chegando – desconversei de novo. – Vamos ver se seu faro ainda é bom.

Na verdade, estava um pouco assustado ainda com as possibilidades e aquela sensação estranha não me abandonara. Por que fui tão rude com Sedik? Poderia ter dito que não tinha pensado em nada. Ou escolhido algo que me satisfizesse, uns dez mil euros. Para mim, estaria de bom tamanho, e para eles talvez não fosse muito. Aí eles cumpririam sua tarefa e eu ganharia uma herança, não iria ter problemas com o fisco e tudo teria acabado de um jeito melhor. Bem, poderiam ser vinte mil euros, quem sabe? Os limites, ah, os limites. Nunca dá para saber até onde a gente pode ir.

Enquanto comia o delicioso crepe de queijo argelino que me coube, fiquei pensando qual seria o lado bom dessa história. Talvez numa conversa entre amigos pudesse contar o fato e todos nós iríamos rir dessa aventura. Não sei. Acho que não teria coragem de contar. Faltava uma peça nesse quebra-cabeças e eu não sabia qual era. De novo, Marie me flagrou naufragado em pensamentos:

– Um dinar argelino pelos seus pensamentos – ela me provocou.

Eles, na verdade, valiam menos do que isso. Eu até cuidava razoavelmente bem da minha insanidade, da minha loucura do cotidiano, sejamos mais claros. Lia os poetas, tinha bons amigos, gostava de viajar, mas sempre que eu tentava conversar com o psicanalista que morava dentro de mim ele tartamudeava e me deixava com a sensação de não ter compreendido a mensagem.

Marie me entendia, acho. Às vezes eu achava que ela me amava. Que estranho esse amor: suportar um sujeito que tinha um psicanalista gago internalizado. Em algumas viagens que fizéramos, eu tinha ficado doente. Uma infecção de garganta, um desarranjo intestinal, uma coisa qualquer que ajudava a tirar o brilho do passeio. Desta vez, porém, tinha sido demais, eu acho. Aquele comportamento desagradável tinha gerado um incômodo enorme em mim. E imagino que em Marie também, que me olhava do outro lado da mesa, sem coragem de dizer nada. Creio que quem deveria nos salvar de mim era eu mesmo.

– Nossos dinares argelinos estão acabando – anunciei. – Vamos embora? Quem sabe a gente consegue um voo amanhã para Paris e terminamos logo essa viagem maluca.

Marie concordou, paguei a conta com meu dinheiro argelino e, quando pensei em pedir ajuda ao simpático garçom para conseguir um táxi, Rafik apareceu esbaforido na porta do l'Alouette des Champs.

Foi Marie quem o viu e me avisou:

– Veja quem está aqui.

– Monsieur, madame – falava, arfante, Rafik –, que bom que os encontrei.

Nisso saímos para a rua. Certamente Rafik iria nos levar para o hotel. Precisava dar uma gorjeta para ele.

– Meu chefe, Dr. Haris, me pediu para encontrá-los e levá-los numa breve viagem. Mas tem que ser agora, ele disse.

– Veja, Rafik – comecei a dizer –, agradeça ao Dr. Haris, mas não queremos ir a lugar nenhum. Acho que está ótimo o que ele já fez por nós, mas gostaríamos de ir para o hotel descansar um pouco.

Olhei para Marie e ela anuía com o olhar.

Nisso, Rafik olhou por cima da minha cabeça e mal tive tempo de me virar. Só senti um braço forte no meu pescoço e o cheiro nauseante do clorofórmio.

14. Egmont

Encontro marcado.

E lá fomos nós, uma pequena caravana no deserto: Marie, eu, Al Zayn e nossos dromedários, Alsafina e Aljaf. Nem precisa dizer que cheguei ao destino alquebrado.

Andar no lombo de um dromedário é uma das coisas mais desconfortáveis deste mundo. Não há posição que transmita algum bem-estar. O deserto é vasto e inclemente. Se eu ficasse perdido ali, não duraria meia hora vivo. Mas é belíssimo. Nós, as silhuetas da nossa pequena caravana, subindo e descendo na ondulação das dunas, me fizeram lembrar das notas musicais em uma partitura. Como o pensamento voa solto pela imensidão do deserto, a música que vinha dessa partitura parecia ser a abertura *Egmont*, do Beethoven. Uma partitura cujas notas eram três dromedários e três seres humanos subindo e descendo dunas sob um sol inclemente. Os acordes iniciais de *Egmont* pareciam o sol enxertando energia e calor em nós. Nada poderia ser mais absurdo. Mal sabia eu o que estava por vir. Enquanto escutava aquela música improvável, Marie diminuiu o ritmo de Alsafina e ficou emparelhada comigo. Olhou para mim e me viu sorrindo.

– Você está rindo de quê? – ela me perguntou.

– Nada, não. Acho que já estou vendo miragens. Ou, pelo menos, ouvindo coisas. – E não tive coragem de contar para ela o que pensava.

Aljaf, ou "o seco", meu dromedário, nesse momento, balançou a cabeça, como se pedisse, secamente, silêncio naquela imensidão de areia. Lembrei-me então que o conde Egmont era decapitado no fim da história e achei melhor trocar a trilha sonora.

Em alguns momentos depressivos eu tinha imaginado minha vida como sendo um deserto, de afetos, de possibilidades, de amigos. A metáfora do deserto sempre fora muito próxima. Na realidade, é muito diferente. A sensação de perda andava ao meu lado no deserto. Um descuido, uma pata quebrada do dromedário, a falta d'água, a ausência de um guia, tudo isso era possível e fatal. Talvez não fosse muito diferente dos momentos depressivos, ou então a única diferença era o gosto de areia na boca. Eu guardava com cuidado o cantil com água, que poderia ser a diferença entre a vida e a morte. E zelava pelo bem-estar de todos. De Marie, porque eu a amava, de Al Zayn porque sem ele não saberia aonde ir, e dos meus, agora, queridos amigos dromedários, malcheirosos e desconfortáveis.

Entretido por esses pensamentos e um pouco cego para os detalhes do deserto, ouvi Al Zayn balbuciando alguma coisa em árabe e apontando para um ponto distante. Em alguns minutos estávamos parando para comer numa tenda que Al Zayn encontrara na rota para o Maweid. Era uma espécie de pousada para viajantes, cercada de areia por todos os lados. Alsafina, o dromedário de Marie, se fartou na água de uma fonte, levado pelo menino que cuidava do abastecimento dos animais e que falava um pouco de francês. Ele explicou que Alsafina significava *navio*, em árabe, e que Alfaj queria dizer *seco*.

Meu companheiro Aljaf, para fazer jus ao seu nome, não bebeu sequer um gole d'água. Insisti com ele, mas nada aconteceu. Nosso guia me olhava conversando com o dromedário como se eu estivesse completamente maluco. Comemos tâmaras novamente e um suco esbranquiçado e espesso que eu não sei o que era, mas que tirou toda a sede que eu tinha. Voltamos ao lombo dos dromedários. Achei Marie um pouco abatida, mas, quando estava quase terminando o dia, Al Zayn nos indicou o fim da viagem, apontando o oásis onde deveríamos ficar.

Nos deram uma tenda num canto do oásis junto a um canteiro com três palmeiras. Para mim, aquele cercadinho de pedras com as palmeiras no centro era um jardim. Nesse espaço, três improváveis flores, cujas pétalas tinham bordas avermelhadas e eram esbranquiçadas no centro, chamaram nossa atenção.

– Como é que isso pode florescer aqui? – Marie perguntou.

– Pois é, elas parecem mais resistentes do que nós – comentei, pensando nas rosas de madeira que minha mãe tinha na nossa casa no interior. As rosas de madeira tinham uma cor marrom e pareciam mesmo ser feitas de madeira. Não se pareciam nada com aquelas flores. Associei com aquelas flores por ver o inesperado florescer.

De novo, o manto de estrelas cobriu o deserto e nos deu uma sensação indescritível de felicidade. Como alguém poderia estar feliz depois de um dia todo no lombo de um dromedário? Nunca havia levado uma surra forte, mas a sensação que tinha era de ter apanhado muito. Mesmo assim, estava estranhamente feliz. Entendi que Marie também sentia algo assim quando me deparei com seu sorriso, cansado e feliz. Precisávamos saber que encontro era esse e o que iríamos fazer no dia seguinte, mas o torpor de um dia no deserto e a sensação de estarmos vivos, juntos e olhando o céu não nos deixava pensar em mais nada. O tapete que me deram para dormir certamente era o tapete de Aladim. Dormi flutuando.

No dia seguinte, acordamos com o barulho das conversas no oásis. Saímos da tenda e um menino fora escalado para nos guiar até uma tenda maior, com grandes listas azuis. Novamente, um refeitório. O menino nos indicou um tapete no chão e deu para cada um de nós uma pequena tigela com uma espécie de mingau. Marie perguntou a ele se não havia uma colher para comer aquilo, mas o menino não entendeu a palavra "colher", que era o mesmo que dizer que não tinha. Comemos nosso *déjeuner du matin* com as mãos. Foi Marie quem se lembrou do poema de Prévert e compartilhou comigo a piada pronta:

– Pelo menos no poema do Prévert o cara tinha uma "*petite cuillère*" – disse Marie.

– Tinha mesmo? – respondi, com um sorriso. – Ou você está adaptando?

– Não, claro que tinha, como é que ele iria mexer o café com leite e misturar o açúcar? – disse ela.

Acho que Marie também associava coisas malucas aos fatos corriqueiros. Pelo menos tinha a coragem de me contar. Rimos os dois sentados num tapete macio, debaixo de uma tenda listada, comendo um mingau com as mãos. Eu precisava de um café e consegui uma xícara com um café fortíssimo e cheio de pó ao fundo. Aquilo me levou ao banheiro, que era razoavelmente ocidental. Ainda faltava escovar os dentes e tomar um banho, mas não se pode querer muito no deserto.

De repente, nos demos conta de que não sabíamos o que fazer. Procurei o menino dos dromedários, que já estava atarefado com outros animais, e perguntei a ele por Al Zayn. Ele deu de ombros, indicando que não sabia onde teria se enfiado o nosso guia. Circulamos pelo pequeno oásis e não vimos sinal do guia.

Paramos em uma tenda vazia, aberta dos dois lados, do lado que dava para o oásis e do lado que dava para o deserto. O que nos chamou a atenção foram os banquinhos que vimos na tenda. Entramos e nos sentamos. Estávamos prestes a nos olharmos com uma cara de "e agora" quando uma outra pessoa entrou e se sentou ao nosso lado. Era um rosto muito conhecido, mas eu não conhecia gente suficiente na Argélia para poder reconhecer alguém num oásis.

O visitante nos cumprimentou num francês perfeito, olhou bem para mim e disse:

– Estou aqui porque fiquei sabendo que o senhor gostaria de falar comigo.

– Eu? – retruquei. – Mas eu nem sei quem é o senhor.

– Meu nome é Albert Camus, ao seu dispor.

– O escritor? – balbuciei. – Mas como isso é possível?

– Bom, é a continuação da história de Sedik, o tuaregue. Fiquei sabendo que o senhor gostaria de conversar com três sábios argelinos e, no meio do caminho entre a miséria e o sol, fui honradamente promovido a sábio. Aqui estou, portanto.

– Mas isso não faz sentido. Eu desabafei com Sedik para me livrar da pressão de uma escolha. Não tinha a menor ideia do que fazer. Além do mais, Camus já nos deixou há muito tempo.

– Olha – disse-me o francês –, a vinda de vocês para a Argélia se deu de uma maneira incomum. Vocês receberam uma chave das mãos dos personagens do seu livro e foram atrás de uma caixa na Gare du Nord, em Paris. Nesta caixa, concretamente, encontraram dinheiro e uma passagem para Annaba. Apesar de tudo, o senhor não é um homem de muita fé. Depois expressa sua vontade a Sedik, que, ele sim, acredita na sua fantasia e o envia a um encontro que o senhor marcou comigo. Aliás, sua escolha foi muito bem-vista por Sedik e seus seguidores. Todos pensaram que o senhor iria se contentar com alguns míseros trocados.

– Mas isso é um absurdo – respondi.

– Eu sei – sorriu Camus –, essa é uma das minhas especialidades.

– Mas eu não sei... não sei... Foi uma decisão intempestiva. Foi algo como Mersault sob o efeito do sol na praia.

– Não sei se o senhor está usando meus personagens para checar minha identidade, mas sugiro que não o faça. Nosso tempo aqui é curto e seria melhor se pudéssemos conversar mais sobre o que nos trouxe à presença um do outro.

– Querido – interrompeu Marie –, o que você diria a este homem se ele fosse realmente Albert Camus? Siga o conselho dele e acredite. Eu não criei nenhum personagem, não escrevi nenhum livro e estou acreditando. Afinal, o que move um escritor senão a fantasia?

Camus me olhava com uma cara de "não falei?".

– Nem sei por onde começar – me rendi –, nem sou um grande expert nas obras de Camus. Claro que li algumas e me impressionei com elas, mas me parece um pouco demais discutir isso com o próprio autor.

– Depois que o livro sai das mãos do autor, ele não é mais dono de nada. Quem se apossa da história é o leitor, que compreende como quer aquela história. Eu, por exemplo, li seu livro e admirei seus personagens.

– Você leu meu livro? – respondi boquiaberto para Albert Camus.

– Você havia dito que criara a Clotilde para não entender nada. Ela realmente circula pelo seu texto trombando com as possibilidades e não consegue percebê-las, mas os outros personagens notam o ambiente pelos erros da Clotilde. Ela realmente não entende nada de nada, mas é uma linda personagem. É por isso que eu estou falando com o senhor sobre acreditar.

– Ela escapou pelas entrelinhas – concluí –, nunca dei muita atenção a ela e a imaginei como uma personagem menor, sem importância, mas insistia que ela deveria existir. Sempre procurei num texto sua melhor forma. Imaginava que pudesse escrever e reescrever para achar a melhor forma. Era obcecado por isso, o que me fez desistir de muitos projetos.

Camus anuía com a cabeça e me olhava curioso, esperando minha conclusão. Marie, ao meu lado, apertou minha mão, me encorajando.

– Aí descobri seu personagem em *A Peste*, que ficava mais preocupado em como descrever a amazona desfilando no Bois de Boulogne cavalgando uma égua alazã.

Camus sorriu e completou:

– Ah, o Grand. O mundo caindo lá fora e ele preocupado com uma amazona elegante e uma magnífica égua alazã.

– É engraçado, se o senhor me permite dizer – ousei dar alguma opinião para o Camus sobre um livro dele –, mas no geral esse livro é triste. E lindo. Tem alguma coisa nessa tristeza que me encantou.

– Como assim? – quis saber o autor argelino.

– É como nos livros de Jane Austen, se eu puder fazer essa comparação. Sobre o que ela escreve? Sobre moças inglesas preocupadas com o casamento. Não me parece um tema muito interessante, a não ser para moças preocupadas com o casamento. Acontece que essa descrição não quebra a unidade da obra dela, não destrói seu conteúdo e os livros são maravilhosos, universais e atemporais. Tem uma ironia afiada como uma lâmina, mas não é só isso. Tem algo mais. Algo que não tem nome.

– Muito curiosa essa comparação – me disse Camus, com um olhar que não consegui definir como uma crítica ou algo que fizesse sentido para ele.

– Com seus livros, mestre Camus – tomei a liberdade de tratá-lo assim –, se dá o mesmo. Com outro material, porém. Fiquei muito tempo parado no seu texto em *A Peste* quando o senhor escreveu sobre o momento em que nos damos conta de que os trens não estavam mais chegando. Não era só a solidão e a saudade.

– Tudo fica paralisado – explicou-me Camus.

– E não há um jeito melhor de dizer isso, ou um jeito pior, ou uma maneira alternativa, que era sempre aquilo que eu buscava para o meu texto. Os trens simplesmente não chegavam. E ponto final. Não é que eu seja muito depressivo ou que fique sempre ocupado com esses detalhes, mas...

– Há controvérsias – interrompeu Marie, incluindo um pouco da ironia de Austen na conversa. O próprio Camus sorriu.

– Sei que o senhor conhece o Brasil – mudei radicalmente de tema. – Foi uma viagem boa?

– Não, não foi muito boa. São Paulo é uma cidade estranha, uma desmedida Oran.

– Oran? A Oran da Peste?

– Sim, ela mesma. Uma cidade opressora. Depois fomos a Iguape.

– Eu sei dessa história por causa do conto "A Pedra que Brota".

– Isso mesmo – disse Camus –, fui lá com o Oswald e ficamos alojados em um quarto de hospital porque não havia nenhum quarto de hotel vago na cidade. Uma das coisas que me chamou a atenção foi a recepção que tivemos. Procurei fazer uma transcrição desta surreal viagem no conto que você citou e que escrevi assim que voltei do Brasil.

– A recepção não foi boa? – perguntei.

– Muitas autoridades apareceram para ver o francês – riu ele. – No conto quem vive essa situação é o engenheiro D'Arrast, que veio fazer um dique para que os bairros ribeirinhos não ficassem mais inundados. E até um juiz veio saudá-lo. Qual seria a relação de um juiz com a construção de um dique?

– Nunca tinha me atido a essa questão – respondi –, mas isso aconteceu comigo também. Eu e uma turma de estudantes de Engenharia e Psicologia fomos acampar à beira de um grande rio no interior paulista. No dia seguinte, o prefeito da cidade apareceu no camping para nos saudar.

– Pois é – disse ele –, é surreal essa situação. Depois vi a festa do Bom Jesus de Iguape. A vida é dura nessa parte do mundo, mas a floresta tem um odor de familiaridade e as festas são muito peculiares. Na Argélia também a vida é dura, mas a natureza não coopera. A força do sol parece a tradução de uma sinfonia pesada.

Imediatamente veio à minha memória a alucinação auditiva na vinda para esse Maweid. Então não era só eu que alucinava com o sol do deserto. Senti-me um pouco importante por ter as mesmas alucinações que Albert Camus. Não falei nada, porém. A conversa parecia tão boa que um comentário desses poderia quebrar aquele improvável encontro. Estava ainda procurando a melhor forma para o meu texto.

– Depois conheci a lenda da pedra que brota, uma incrível metáfora de esperança. Todo mundo tirava uma lasca da pedra sagrada e a pedra nunca mudava de tamanho.

– Lembrei-me do Sísifo – interrompi o escritor. – Parece que as pedras são sempre um tema para os seus escritos.

– Mas e o senhor? – ele respondeu rapidamente. – Não existe nenhuma pedra em sua vida?

15. A minha pedra

Minha vida era uma pedreira só. Como a vida de todo mundo, acho. Optamos por usar nosso tempo – eu e Marie – para viajar muito. Se fosse para ser pedra, que fosse rolante, para não juntar limo. Mas nunca pensei que essas pedras fossem aparecer naquele deserto. Depois dessa pergunta, olhei para Marie, que era extremamente eloquente com o olhar. "E aí, o que você vai dizer?" – ela me cobrava com os olhos.

Estimulado pela presença de um prêmio Nobel ali ao meu lado, resolvi acreditar que era o Camus verdadeiro, lembrei-me de Mersault na prisão, quando o padre foi fazer a visita final. O padre perguntara a Mersault por que ele o chamava de "senhor" ao invés de "meu pai"[1], como faziam todos. O prisioneiro então surtou e, como se algo se rompesse dentro dele, como bem escrevera o ilustre escritor ali ao meu lado, começou a gritar com o padre, agarrou-o pela gola da batina e insultou-o fortemente, dizendo que ele, o prisioneiro à espera da execução, tinha mais certezas do que o padre. Pelo menos tinha a certeza de que a hora da morte se aproximava, enquanto o padre, que queria orar por ele, não tinha certeza nem sequer da existência de um céu ou inferno.

Nenhum dique havia se rompido em mim, o que eu não sei se era algo bom ou ruim, mas tinha uma grande pedra que eu rolava montanha acima e corria atrás dela montanha abaixo, principalmente durante minha adolescência. Essa pedra era o meu pai.

– Eu também não tinha coragem de chamar meu pai de "meu pai" – acabei dizendo, como se fosse algo saído do nada –, igual ao

---

1 Em francês, o tratamento para os padres é *mon père*, que Mersault, protagonista de *O Estrangeiro*, se negava a usar.

seu personagem Mersault. Não via e nem sentia uma relação de pertencimento que me fizesse chamá-lo de algo meu.

– O senhor se lembra de seu pai? – perguntei ao escritor.

– Não – respondeu ele, – nós o perdemos na Batalha do Marne, durante a Primeira Guerra. Eu ainda não tinha nem um ano de vida. Depois desse fato é que as coisas complicaram para a minha família. Viemos morar em Belcourt, um bairro operário de Argel. Se não fosse a Literatura, eu teria sido tanoeiro. Meu tio fabricava barris para armazenar vinho e eu aprendi a lidar com isso.

As condições de vida dele tinham sido muito precárias. Enquanto ele me contava as agruras de um bairro pobre de Argel, eu achava que minha vida tinha sido um luxo. Nunca tinha passado fome, nunca tinha me faltado nada e tinha tido um pai, mas mesmo assim sentia um vazio enorme. Meu pai sempre esteve ausente. Estava presente de corpo, mas nunca nos olhava. Não me lembro nunca de ter levado uma bronca dele, uma admoestação sequer. Ele não parecia me ver. Eu fazia uma série de traquinagens para que ele me notasse, mas nada acontecia. Bom, claro que alguém me notava: minha mãe, que era muito severa. Mas meu pai nada fazia. Talvez eu o tivesse perdido em alguma guerra, e não tinha ainda me dado conta.

Perdido em pensamentos, agora só o vento do deserto é que fazia algum barulho, acariciando a folha das palmeiras. Os olhos doces de Marie estavam pousados sobre mim e Camus esperava pacientemente que eu saísse daquele eterno minuto em que parei de falar.

– Na verdade, não era apenas uma pedra, que eu empurrava morro acima e recolhia quando despencava pelo outro lado da montanha. Acho que era mais uma angústia, uma faca no peito. A pedra me parece a definição de um trabalho monótono apenas. Entediante.

– Uma faca no peito? – disse ele.

– Sim, prestes a me arrancar o coração, o que nunca acontecia.

– Uma angústia? – tentou ele me ajudar.

– Sim, isso mesmo. Meu pai colocava essa faca no meu peito e olhava para o infinito – arrisquei uma metáfora. – Mais tarde, quando ele perdeu a lucidez e olhava o mundo com outras lentes, parece que essa faca foi retirada do meu peito. Conversava muito com ele sobre todas as coisas, sobre o tempo, o futebol, os detalhes da cidade pequena onde tínhamos vivido. Ele ria e se lembrava de muitas coisas antigas, mas não se lembrava de coisas recentes.

– Ele se lembrava do senhor? – perguntou-me Camus.

– Não. Claramente não se lembrava quem eu era. Acho que para ele eu era apenas uma pessoa educada que conversava com ele e lhe oferecia algumas coisas. Os médicos haviam proibido tudo para ele em função da saúde debilitada. Eu não dava muito ouvido para os médicos e certa vez me propus a comprar cigarros para ele, que tinha o bigode amarelado de tanta nicotina. Imaginei que aquilo estivesse fazendo muita falta para ele. A vida dele estava no fim e um pouco de prazer poderia fazer algum sentido naquela hora. Ele me agradeceu e, numa espécie de reprimenda, me avisou que fumar fazia muito mal para a saúde e que felizmente ele nunca havia fumado.

Camus riu e Marie também.

– Não sei como consegui isso – continuei. – Parecíamos dois estranhos. Ele não me conhecia e tampouco eu sabia quem era aquele homem, verdadeiramente. O senhor, que entende tanto do absurdo de viver, já tinha ouvido falar de uma história assim?

– Na verdade, sim – surpreendeu-me Camus. – Estava pensando nos escritos de Kierkegaard enquanto o senhor me contava a história do seu pai. O senhor conhece esse filósofo?

– Muito pouco – disse eu, assustado com o rumo da conversa. Já havia me metido no deserto e estava satisfatoriamente vivo. Poderia ser, então, que conseguisse conversar com Camus sobre o filósofo dinamarquês. Ou pelo menos apreender um pouco, afinal era escravo dos meus desejos e havia marcado um encontro com um sábio. Ignorando meus pensamentos, que, espero, meu interlocutor não tinha ouvido, ele continuou:

– Pois bem, esse filósofo me influenciou muito com suas teorias, mas o que me fez lembrar dele foi o relato com seu pai. Lembrei-me quase que instantaneamente da passagem bíblica narrada por Kierkegaard em seu ensaio *Temor e Tremor*. O senhor conhece esse ensaio?

Camus olhou para mim pedindo uma resposta e olhou também para Marie. Nós ambos respondemos negativamente. Marie e eu aproveitamos para olharmo-nos daquele jeito cúmplice e eloquente aprendido depois de anos e anos de convivência: "o que esse cara está falando? Não era ele um escritor ateu? Agora vai citar uma passagem bíblica?".

Novamente o mestre argelino ali ao nosso lado interrompeu nossa conversa sem palavras para reiniciar a dele.

– Nesse ensaio – continuou Camus – Deus pede que Abraão sacrifique seu filho amado e Abraão acata a ordem e prepara o sacrifício. Apronta todos os detalhes da viagem para o Monte Moriah, local indicado por Deus para que se consolidasse o sacrifício de Isaac. Depois de três dias de viagem, chegam ao sopé do monte. Isaac e seu pai sobem no monte e Abraão prepara seu filho para o sacrifício. Quando a faca já estava no peito de seu filho, Deus envia um anjo e cancela a pena.

Marie deu um suspiro mais alto que o barulho do vento do deserto e Camus se voltou para ela, com um sorriso.

– Rembrandt tem uma leitura magnífica desse momento em sua tela que hoje está exposta no Museu Hermitage em São Petersburgo. O anjo segura a mão direita de Abraão, a faca fica flutuando no ar e a mão esquerda do pai cobre totalmente o rosto do filho.

Meu pai havia me proporcionado uma infância e adolescência difíceis por causa do alcoolismo dele. É uma doença complicada essa. A alteração do estado de lucidez do alcoólatra enlouquece a família. Havia momentos em que se conversava sobre tudo em casa, sobre a reforma da cozinha para derrubar o fogão de lenha, o aterramento do porão para eliminar os ratos, a construção da edícula onde se cuidava das roupas da casa. Parecia mesmo um projeto de construção de algo, mas, logo no fim da tarde, ele chegava alterado pela bebida e tudo aquilo era demolido na minha mente. No dia seguinte, tudo recomeçava, com novas esperanças, novas propostas, e empurrávamos novamente a enorme pedra montanha acima para vê-la despencar montanha abaixo quando a tarde chegava ao fim.

Expliquei tudo aquilo para o mestre argelino ali ao meu lado, que me olhava com condescendência. Não acreditava que ele teria algum interesse pela minha história. Não sei o que o impedia de sair dali e ir embora, sumir nas areias do Saara.

– O que acontecia é que eu achava que a culpa de tudo aquilo era minha – expliquei para Camus.

– Sua? Por quê? – espantou-se o especialista em absurdos.

– Bom, eu deveria ter conversado com ele, explicar que aquele comportamento dele era danoso à família, mas não tinha coragem de fazer isso. Sempre achava que iria dar conta dessa conversa.

– E que idade o senhor tinha quando se estabeleceu essa culpa?

– Uns oito anos, mais ou menos.

Nesse momento, Camus e Marie sorriram, me perdoando de uma culpa que eu nunca deveria ter tido.

– Eu sei que era absurdo, mas era um sentimento que me invadia todas as noites. Sempre me concentrava, antes de dormir, e orava pedindo ao Deus que me protegia que me desse coragem para iniciar aquela conversa de homem para homem. Em um fim de tarde, quando se prenunciava o temporal diário do alcoolismo, eu tomei coragem e fui até o bar onde ele bebia.

– Você foi sozinho? – interrompeu Marie, que sabia quase tudo sobre mim, mas não sabia dessa história.

– Sim, sozinho. Se minha mãe soubesse, eu iria levar a maior bronca.

– Ou seja – concluiu Camus se divertindo com a minha coragem –, o senhor estava decidido a resolver todos os problemas da casa, mas tinha medo de que sua mãe soubesse?

– Sim, claro. Ela era muito brava e não pensava duas vezes antes de aplicar um corretivo. Quando cheguei ao bar, dei com aquele ambiente cheio de conversa e fumaça de cigarro. Tudo parecia muito grande: os homens que ali estavam, o balcão do bar, as mesas sujas eram enormes e uma luz, no alto daquele teto, piscava, com defeito, entre os rótulos de cerveja grudados no teto.

– Como assim? – perguntou Camus. – Como poderia haver rótulos de bebidas grudados no teto?

– Era um jogo entre os bêbados locais. Quando o rótulo se desprendia da garrafa gelada, mantinha ainda alguma cola nele. Os homens, então, colocavam esse rótulo sobre um pano molhado e jogavam com toda a força que tinham no teto do bar. O rótulo grudava no teto do bar e o pano caía. Só paravam de fazer isso quando o álcool tirava a força e a coordenação.

– E o que aconteceu? – me apressava Marie. – O que aconteceu quando seu pai lhe viu?

– A conversa parou quando eu cheguei e todos os homens, semiembriagados, olhavam para mim. Alguns começaram a rir quando eu pedi que meu pai fosse para casa. Se eu levasse uma surra daquele exército encharcado de pinga, talvez doesse menos do que a dor de ver a pedra rolar montanha abaixo todo fim de tarde.

– Pinga? – interrompeu Camus. – O que é pinga?

A conversa tinha tomado um rumo pesado e eu imaginei que ele havia perguntado aquilo para desviar um pouco o assunto e pudéssemos respirar um pouco melhor o ar do deserto. Apesar do abrigo das palmeiras e da água fácil do oásis, o vento era forte e trazia um calor bastante grande misturado a alguns grãos de areia. Antes de continuar minha história, resolvi me levantar, ir até a fonte de água e trazer água fresca para todos nós. Ao voltar com a água fresca em um cântaro de barro, continuei:

– Pinga é uma bebida tipicamente brasileira, que nasceu do processamento da cana-de-açúcar, processo que os portugueses conheciam muito bem quando chegaram ao Brasil.

– E por que tem esse nome? Pinga?

Marie, incomodada com a interrupção da conversa, sabia a resposta e se apressou em dá-la:

– No processo da fabricação do açúcar, a partir da cana, era gerado um líquido espesso, um melaço, que com o tempo e o calor produzia um alto teor de álcool.

– Mas por que "pinga"? – insistiu Camus. – Não tinha que ser algo que goteja?

– Um momento, monsieur Camus – disse Marie, com impaciência –, esse melaço era usado para alimentar os bois que tracionavam a moenda. Ao melaço velho, do dia anterior, era adicionado o melaço novo, produzido no dia até que a quantidade fosse suficiente para alimentar os animais. Quando se juntava o melaço novo, quente, o álcool formado pelo melaço antigo se evaporava e se condensava em forma de gotículas no teto do engenho.

– Aí é que pingava? – procurei rematar a história.

– OK – desistiu Marie –, se você quiser, a história acaba aqui.

Não sei por que Marie estava tão impaciente. Imaginei que quisesse saber logo o fim da minha história no bar, quando fui buscar meu pai. Achei que ela estava sendo um pouco rude com aquele famoso escritor ao nosso lado, que estava tendo uma paciência enorme em nos escutar. De uma certa forma, ele parecia uma visita à nossa casa. Eu mostrava uma compulsão enorme em contar coisas minhas para um desconhecido e isso talvez pudesse também ter incomodado Marie.

– Tem mais sobre a história da pinga? – quis saber Camus, educadamente.

– Sim, monsieur Camus – respondeu Marie –, os escravos deitados no chão do engenho, com as costas lanhadas pelos castigos físicos, percebiam que aquelas gotas, quando caíam em sua pele, ardiam e aceleravam a cicatrização. Água ardente é um outro nome dado à pinga.

– Que história curiosa – disse Camus. – Parece que a adição e a escravidão conviveram na mesma senzala.

– Tudo isso pode ser uma lenda – explicou Marie.

– Mas o relato é bastante plausível – disse Camus.

– Mas o que aconteceu com você no bar? – continuou Marie, voltando-se para mim.

– Meu pai me levou para fora do bar – continuei minha narrativa, depois de conseguir respirar um pouco com a história da pinga – e me ordenou que fosse para casa, que ele estaria indo logo em seguida. Num primeiro momento achei que ele, heroicamente, havia me salvado daquela trupe de vândalos, mas depois, com o tempo, percebi que ele estava era se livrando da chacota que os parceiros de bebedeira estavam fazendo com o fato de a esposa ter mandado o filho buscar o pai no bar.

– Mas não foi sua mãe que mandou, certo? – continuou Marie.

– Ela não sabia de nada. Veio a saber dias depois porque em uma cidade pequena as notícias correm com uma velocidade impressionante.

– E o que aconteceu? – quis saber Camus.

– Ela me deu uma bronca enorme. Disse que aquele problema era dela e que eu não deveria me meter nesse assunto. De alguma forma aquela admoestação me pacificou. Percebi que não estava sozinho naquela empreitada.

– Uma empreitada que nem era sua – disse Marie.

– Pois é. Anos mais tarde, voltei àquele bar, que nunca mais me saiu da memória. Pedi um refrigerante. Preferi que fosse em lata para não precisar usar um copo. Fiquei em pé, encostado no balcão enquanto havia líquido na lata. O local era realmente sujo e decadente, mas não era tão grande como estava impresso em minha memória. O balcão em que tomava meu refrigerante tinha um tamanho normal, as mesas continuavam sujas, porém a lâmpada piscando havia sido substituída e não havia mais rótulos de cerveja no teto. Aproveitei para puxar conversa e perguntei sobre os rótulos no teto.

– Isso era no tempo do meu pai – me explicou o novo dono, atrás do balcão. – Fizemos uma reforma e optamos por um ambiente mais "clean".

– Ele usou mesmo essa palavra: *clean*? – Os olhos de Marie brilhavam quando fez essa pergunta.

– Sim. Foi essa mesma. Só me lembro que respondi: "ficou muito bom". Paguei o refrigerante, olhei a rua deserta sob um sol incandescente e fui embora.

16. O Mar Vermelho

– E como você se salvou? – perguntou-me o escritor.

– Eu me salvei? Não tenho muita certeza disso – respondi.

– Mas é claro que sim. Tem uma esposa que o acompanhou nessa aventura pelo Saara e teve a disposição de acreditar que poderia fazer uma aventura pelo deserto. Daquele salto dado no vazio, na rua ensolarada e sem ninguém, da pinga gotejando nas suas cicatrizes, sua vida ficou, em algum momento, repleta de alguma coisa boa. Senão, como seria possível sair disso?

– Bom, tinha a minha mãe, que me ajudou muito a entender o mundo. Do jeito dela, com o olhar dela, ela achava que eu podia fazer alguma coisa boa. Ela jogava xadrez comigo e fazia doces. Aprendi assim a entender que valeria a pena ter alguma estratégia e que alguns momentos poderiam ser menos amargos. Depois existia a liberdade de uma cidade no interior do estado de São Paulo. A gente podia jogar bola na rua, nadar no rio, subir em árvores, comer goiaba direto da goiabeira. Eu me lembro que os galhos da goiabeira não se contentavam com o terreno que lhes cabia e derramavam-se por cima do muro, oferecendo as goiabas para quem passasse.

– Era só pegar e comer? – quis saber Marie.

– Sim, depois de passar a goiaba na camiseta para dar uma limpada. A preocupação era se certificar de que a goiaba não tinha bicho. Depois, quando saí para estudar em São Paulo, sua desmedida Oran – olhei para Camus, que sorria neste momento –, um dia percebi que era necessário comprar goiabas se eu quisesse comê-las.

– Parece óbvio que tenha de ser assim – disse Camus –, afinal de contas, como construir uma desmedida Oran sem os detalhes do capitalismo?

– Sim, claro. A árvore que me oferecia aquelas frutas parecia uma lembrança de um conto de fadas. Na verdade, vivi meus dias de infância perambulando pelas ruas dessa minha pequena cidade natal, que tem até hoje uma linda igreja no centro de uma pracinha.

– E sua mãe, que mais fazia, além de jogar xadrez com o senhor e fazer doces?

– Minha mãe cultivava orquídeas com uma paciência nipônica e era professora de música. Dava aulas com metrônomo e era superexigente. Meu pai... Bom, meu pai era funcionário público. A repartição em que ele trabalhava ficava num cômodo gigantesco, anexo à nossa casa. Quando o expediente terminava, ele saía para a via sacra nos bares da cidade.

– Sua mãe perece ter sido uma pessoa interessante – arrematou Camus. – Sua descrição me fez lembrar da minha própria mãe. Depois da perda do meu pai na Batalha do Marne, foi ela quem criou as condições mínimas para que continuássemos a viver. Se não continuasse a estudar, não teria me encontrado com a Literatura.

Parei para pensar nisso e acabei descobrindo uma vontade enorme de contar sobre a minha vida no interior. Nas minhas andanças pela cidade, adorava ver o trabalho da telefonista local, que conectava cabos numa mesa telefônica para completar as chamadas. Aquela máquina de falar com o mundo era mágica. O número do telefone da repartição onde meu pai trabalhava era 9. Isso mesmo, só um dígito. Tinha um amigo de escola, filho de fazendeiro, e na casa dele também tinha telefone. Eu pedia para usar, girava a manivela que chamava a telefonista e pedia uma conexão com o 9. Nunca soube se era para me envolver na magia da tecnologia ou se era para poder falar com meu pai, que me atendia e me dispensava alegando ter coisas mais importantes a fazer. Mais tarde, por descuido ou reparação, fui estudar na USP, cujo campus é maior que minha cidade natal, e acabei virando engenheiro de telecomunicações, especializado em telefonia.

Camus e Marie riram dessa história. Eu, mesmo agora, via esse relato como um oásis no deserto em que vivia.

Meu trabalho naqueles dias de infância era ir correndo até a casa dos moradores que haviam solicitado uma conexão telefônica com São Paulo. Não se conseguia assim fácil um canal de comunicação com a cidade grande. O trabalho da telefonista então era ficar o dia todo tentando estabelecer essa conexão. Quando conseguia, o solicitante precisava ser avisado o mais rapidamente possível, para não correr o risco de perder a chamada. A telefonista então saía à rua para ver se encontrava algum moleque disposto a ir correndo chamar a pessoa que havia pedido a conexão. Muitas vezes, o moleque era eu, que saía correndo, imaginando que levava uma informação tão importante quanto aquela levada por Fidípides na planície de Maratona.

– Era uma espécie de telefonia molecular – concluiu Marie –, uma tecnologia operada por moleques.

Camus riu e eu fiquei pensando depois como tinha sido longo o caminho que fizera com que minha esposa Marie encontrasse Albert Camus no deserto do Saara e contasse uma piada para ele. Ele era sisudo e um pouco depressivo e Marie era muito tímida.

– Os acordes inesquecíveis da infância, porém, não foram compostos nas ruas – continuei –, nem nas longas aulas de piano sob a tortura de um metrônomo, mas, sim, no alto do telhado de casa. Eu subia lá para ler.

– Essa foi boa – sorriu Camus. – No meio do inverno em que o senhor vivia, descobriu dentro de si um verão invencível.

– Quase invencível – disse –, se é que posso usar essa definição. Sempre que queria ler, subia no muro que separava a nossa casa da casa do vizinho, do muro para o telhado de uma garagem, que sustentava uma trepadeira enorme, tipo cipó. Essa planta gestava uma flor amarela cujas pétalas, quando secavam e caíam, davam origem a uma outra flor de aspecto lenhoso, no formato de uma rosa. Eu subia nesse telhado para cortar as rosas de madeira e entregar à minha mãe, que decorava nossa casa com elas, num arranjo que durava muitos e muitos dias.

– Seu caminho para as letras era coberto de flores – Marie experimentava um pouco de poesia no meio do deserto.

– Falando nisso – perguntei a Camus –, o senhor conhece uma flor avermelhada que cresce no deserto? Tem três perto da nossa tenda.

– Sim, é a rosa do deserto – explicou o escritor. – Ela é mais comum no Sahel. Vocês sabem o que é o Sahel?

– É a borda do deserto – falou Marie, recorrendo à sua memória espetacular. – Sedik nos ensinou isso em Annaba.

– É isso mesmo – disse Camus –, mas às vezes ela floresce nessa área também. É uma flor improvável, creio. Ninguém espera essa cor no meio dessa areia toda.

– É verdade. Eu procurava flores assim na biblioteca municipal da minha cidade. Emprestava alguns livros da biblioteca e, como não tinha muita certeza se aquelas leituras caberiam na compreensão materna, lia escondido. As broncas dela eram duríssimas.

– Eram livros proibidos? – perguntou Camus – ou *Flores do Mal*?

– Certamente não – respondi –, só consegui ler e entender alguma coisa de Baudelaire faz pouco tempo. Nessa época ainda não aprendera o que é ser a faca e o talho ao mesmo tempo. Acho que agora já sei. Eu lia naqueles dias livros que me pareciam estranhos. Tinha até um texto seu. Foi aí que conheci Mersault. Fiquei amigo dele, apesar de ele ter matado um árabe, aparentemente sem razão nenhuma, numa praia ensolarada.

Camus parecia não acreditar no que ouvia, ou então estava muito curioso por saber que seu Mersault tinha cruzado os mares e ido parar num telhado do interior paulista.

– As histórias que eu lia falavam de uma outra música, com outros movimentos. Tinha também uma do homem que acordava de manhã e tinha virado barata, uma outra era de uma pessoa que não envelhecia, mas o retrato que guardava no armário ficava cada vez mais velho. Nada fazia muito sentido para mim, mas eu as adorava. Se um dia eu conseguisse compor algo, queria que fosse naquele tom.

– Mas o senhor já escrevia naquela época?

Apesar de termos contado até uma piada, ele não abandonava aquele tom formal e me chamava sempre de senhor. A formalidade francesa me impressionava, mas nem pensei em discutir isso. O pai de Marie era francês e eu já havia vivido isso na casa dele. Durante muito tempo ele me chamara de senhor. Às vezes eu me distraía e, enquanto tomávamos uma cerveja e olhávamos o futebol, eu deixava escapar um tratamento menos formal. A formação cultural tem raízes mais profundas do que a gente pode imaginar.

– Não – respondi –, eu não escrevia nada ainda. Só observava o mundo. Do alto daquele telhado, eu via as copas do bosque de *flamboyants*, que ficava do outro lado da rua, no quintal do Posto de Puericultura. Adorava essa palavra: puericultura.

– O que ela significa? – perguntou-me ele.

– Creio que era um posto de saúde para lidar com o desenvolvimento de crianças. Eu nunca mais vi a palavra num estabelecimento público. Talvez a função que ela encerra tenha sido incluída nos procedimentos médicos normais. O que me encantava mesmo eram os *flamboyants*: quando chegava novembro, as copas ficavam rubras. Quando eu via o Mar Vermelho no Atlas, imaginava um lugar como aquele, só que com muito mais *flamboyants*.

– O senhor conhece o Mar Vermelho?

– Não. Nunca fui lá. Creio até que ele não seja vermelho na realidade, mas no meu imaginário, quando criança, era um enorme espaço cheio de *flamboyants*. Olhando do alto do meu telhado, no fundo da paisagem, depois dos *flamboyants*, dava para ver os trilhos da estrada de ferro, que faziam uma curva enorme e se perdiam no horizonte. Depois do horizonte, ficava São Paulo.

Quando o dia ia terminando, era chegada a temida hora do jantar. Eu tinha muita fome e queria comer rápido, porque logo meu pai chegaria em casa embriagado e as brigas recomeçariam. Ele descontrolado, entorpecido, e minha mãe, gigante, chorava. Eu fugia para o enorme salão que abrigava o trabalho dele. Escapava para lá para tocar no violão uma ou outra canção dos Beatles. Perguntei ao Camus se ele sabia quem eram os Beatles. Ele disse que não. Pensei em dizer que ambos não quiseram se deixar condicionar pelo establishment, mas achei que não valia a pena mudar o sentido daquela conversa.

– Talvez o senhor acabasse virando um fã de *rock and roll* – consegui resumir.

– Poderia ter sido melhor do que *rock and push* – disse ele.

Muito tempo depois achei que ele tinha devolvido a piada e estava falando sobre Sísifo, mas no momento eu estava tão focado no absurdo do meu mundo que não percebi o trocadilho. O encontro com ele me fez muito bem, apesar do que me aconteceu quando ele foi embora. Gostaria muito de poder revê-lo. Nem me importaria se aquela pessoa que apareceu lá no oásis não fosse ele, mas tinha sido uma pessoa muito interessante. Reli todos os livros dele, conversei muito com Marie sobre aquele momento, mas ele nunca mais voltou.

As paredes nuas daquele salão imenso que abrigavam a repartição pública onde trabalhava meu pai deixavam que as notas de "All you need is love" batessem e voltassem para mim.

– O senhor sabia que essa canção do Beatles começa com os acordes da Marselhesa? – informei Camus de algo que certamente ele não saberia.

– E por quê? – quis saber ele.

– Estávamos no meio da Guerra do Vietnã e pediram para que a banda fizesse uma canção cuja mensagem pudesse ser entendida pelo mundo todo. Os ideais da Revolução Francesa pareciam ótimos para essa finalidade. No meu caso – concluí – era a trilha sonora perfeita para a minha guerra particular.

Acabava me imaginando assim, num palco, com um público enorme me aplaudindo no final de cada música. Como eu não sabia muitas canções e não queria voltar para a sala de casa, ficava perambulando pelo salão vazio para tentar entender o que era o trabalho do meu pai. Eram livros e mais livros com registros, anotações e guias fiscais. Tudo infinitamente chato. A decoração da repartição pública era feita com alguns balcões de madeira e várias latas empilhadas que serviam de arquivos para documentos. Numa delas é que encontrei o esconderijo da pinga. Que dupla: meu pai bebia escondido e eu lia escondido.

– Acho que aceitar o absurdo das coisas que nos rodeiam não deveria ser entendido como algo infrutífero e desnecessário – ele disse. – Isso pode provocar uma revolta e, eventualmente, dar alguns frutos.

– Como aquilo que se rompeu dentro de Mersault quando ele ataca o padre?

– Talvez seja essa a ideia – concluiu Camus.

– Quando algo estava prestes a se romper – continuei – eu ia me refugiar no telhado. Meu território. Lá ninguém ia. Eu havia feito uma engenhosa cestinha de vime que prendia do lado de dentro de uma chaminé desativada. Tinham demolido o fogão de lenha, mas deixaram a chaminé. Nessa cestinha é que colocava meus livros e os protegia da chuva.

Essa história toda tinha acontecido quando tentei ler Hamlet, que pensei ser um livro de cavalaria. Detestei.

– Mas é um clássico – disse o escritor.

– Sim, eu sei. Mais tarde, com um pouco mais de equilíbrio, retomei esse texto e adorei. Mas naqueles dias em que eu era e não era ao mesmo tempo, não conseguia pensar que um dia teria que escolher entre ser ou não ser. Fui devolver o Hamlet e trouxe Ivanhoe, este, sim, espetacular.

– Sim, um livro para adolescentes. Cheio de aventuras – comentou Camus.

– Ao subir novamente no telhado, fiz um corte grande na perna em um prego que sustentava um arame que, por sua vez, segurava a trepadeira com as rosas de madeira. Tenho a cicatriz até hoje. Só percebi que me ferira quando estava começando a ler o novo livro. Lembro-me de passar a mão na perna e vê-la da mesma cor da copa dos *flamboyants*. Iria levar uma bronca danada da minha mãe, que, claro, era quem iria cuidar de mais esta chaga.

– E o que o senhor fez?

– Guardei o Ivanhoe na cestinha e desci do telhado. Nesse processo, veio-me uma desastrosa ideia à cabeça e que me levou sorrateiramente até o salão vazio onde trabalhava meu pai, que já havia saído para a via sacra nos bares. Resgatei a garrafa de pinga de dentro do arquivo de lata e imaginei que aquela bebida forte pudesse desinfetar o corte na minha perna. Talvez até mesmo pudesse cicatrizá-lo. Quando derramei o álcool no corte, a queimação foi tão grande e inesperada que deixei cair boa parte da bebida no chão. Estava então com minhas mãos ainda ensanguentadas, a perna ardendo e o chão sujo de sangue e cachaça. Em alguns momentos difíceis da minha vida, trago à memória essa cena para entender que nada é assim tão grave.

– E o que aconteceu depois? – afligia-se o mestre do absurdo.

– Guardei cuidadosamente a garrafa de pinga, agora bem mais vazia, na lata do arquivo e fui buscar um pano de chão para limpar aquela sujeira. Foi nesse momento que ouvi a voz precisa, incisiva e ritmada de minha mãe às minhas costas: o que você vai fazer com esse pano? Onde é que está sujo?

Todos estavam mudos, me olhando. Marie foi quem rompeu o silêncio:

– E aí você levou uma bronca enorme?

– Sim, claro. Meu esconderijo ficou em risco, pois tive que contar que me machucara num prego. Foi uma correria em casa para procurar a carteira de vacinação e verificar se minha vacina contra tétano estava válida. Eu me lembro de ter tomado outra dose. Não sei se por causa do ferimento mesmo ou se foi só uma punição, como entendi na época.

– Provavelmente foi necessário. Ninguém iria vacinar por punição – racionalizou Camus.

– O mais difícil de lidar, porém, foi a denúncia implícita do esconderijo das bebidas do meu pai. Minha mãe descobriu outras garrafas e aguardente nos arquivos do meu pai e esvaziou todas na pia. Eu achei que iria levar a maior bronca dele.

– E levou?

– Não. Continuamos nos evitando. Continuei a ser um nada para ele. Ele não disse uma palavra. Não mudou nem o olhar, que continuava passando através de mim. Mais tarde – continuei –, anos mais tarde, quero dizer, houve uma pequena conversa familiar para decidir o que eu iria fazer da minha vida.

– Foram seus pais que decidiram isso? – perguntou Camus.

– De uma certa maneira, sim. Meu pai queria que eu herdasse o cargo dele na repartição pública. Se eu me formasse advogado, então, estava com a vida feita, nas palavras dele. Eu me imaginei, então, navegante daquele mar de mediocridade e desamor e fui em busca de outra coisa para fazer. Qualquer outra coisa, menos aquilo. A ajuda deles nessa decisão foi, então, esta: me mostrar qual era o caminho que não deveria ser seguido.

17. A desmedida Oran

Oran e São Paulo são separadas por mais de oito mil quilômetros. Eu insistia em dados concretos para não me entregar totalmente à insanidade de estar tão envolvido em uma conversa improvável como aquela. Por outro lado, minha história em São Paulo vinha-me à memória com uma nitidez incrível. Lembrei-me de ter lido em algum lugar que, imediatamente antes de morrer, a vida que vivemos passa rapidamente pela nossa mente. Aquilo me deu a impressão de que não sobreviveria àquele deserto, mas o desejo de relembrar não me abandonava.

Comecei a contar àquele escritor um pouco da minha vida. Tinha uma compulsão enorme em fazer isso, misturada à urgência de transformar toda a minha vivência num relato rápido, para acabar logo com isso.

Tinha vivido bons momentos na cidade grande, frequentara uma excelente universidade, mas minhas memórias estavam realmente atadas à relação com o meu pai. Depois de dois anos vivendo sozinho em São Paulo, meus pais se desfizeram de tudo que tinham no interior. Minha mãe abandonou suas rosas de madeira e foi me "ajudar" na metrópole. Foi uma difícil readaptação voltar a viver com os pais. Minhas experiências culinárias voltaram a ter o sabor da infância, mas a liberdade se foi. Eu, que estudava até tarde e às duas da manhã ia tomar uma cerveja para espairecer, não consegui mais provar que esse comportamento era saudável. Metabolizar todas aquelas teorias e números e equações que a escola de Engenharia me obrigava a devorar não era fácil no meio da madrugada, quando já não conseguia mais estudar nem dormir. Não via sentido naquilo.

– Houve um tempo – me disse Camus – em que se procurava um significado para a vida para poder vivê-la melhor. Hoje eu acho que ela pode ser mais bem vivida se não houver nenhum significado.

– Então acho que dei outro mergulho no vazio. Nunca percebi uma razão para tudo aquilo.

Meu pai, evidentemente, voltou a beber e agora não havia mais a comunidade que cuidava dele. Nas cidades pequenas, todos sabem da vida de todos e dão palpites de como a vida deve ser vivida. Quem não vai à igreja é veladamente reprovado, quem tem problemas domésticos fica sujeito às normas de bom-viver estabelecidas pela comunidade, mas existe uma rede de cuidados com as pessoas, talvez até mesmo para preservar o objeto de crítica. Meu pai às vezes caía na rua de tanto beber. Em dois minutos, alguém batia à nossa porta para reportar esse fato, muitas vezes com um irônico sorriso nos lábios, outras vezes compadecidos da nossa sina. Morrendo de vergonha, acudíamos aquele homem desacordado e, em algumas oportunidades, tínhamos que submetê-lo a cuidados médicos. Mas de uma forma ou de outra, com uma enorme paciência ou repletos de raiva, era possível esse cuidado. Na cidade grande, alguém caído na rua merece, no máximo, um passo para o lado para não pisar no corpo inerte. Muitas vezes fiz a ronda de hospitais e necrotérios para me certificar se ele não estava por lá. Assim, ele ficava às vezes três ou quatro dias sem aparecer em casa e voltava magro e abatido, sem nem sequer conseguir nos contar por onde tinha andado. A sensação que me invadia era de compaixão por estar testemunhando a transformação do meu pai num trapo humano. Ao mesmo tempo experimentava uma raiva surda pelo fato de ele ser assim. A mudança deles do interior para a cidade grande não tinha sido realmente uma grande ajuda.

Era um turbilhão de sentimentos, de responsabilidades não cumpridas com a faculdade, de questionamentos sobre o que era realmente a liberdade, desde o ponto de vista familiar até a ótica nacional, uma vez que o Brasil estava mergulhado na mais sangrenta ditadura. Íamos para a faculdade às vezes e não tínhamos aula porque o campus estava fechado por soldados armados até os dentes. Muitas vezes eu ajudara a coletar bolinhas de gude que eram armazenadas em sacos de lona nas moradias estudantis. Quando a invasão se consumava com os policiais a cavalo, os estudantes jogavam o saco de bolinhas de gude no asfalto para que os cavalos escorregassem e derrubassem os policiais. Era uma reação pífia se comparada ao poder repressivo do estado.

Na minha faculdade tinha um departamento de Engenharia Naval, que fazia ensaios de flutuação de embarcações num barracão enorme, suficientemente grande para que coubesse um navio. Nós nos reuníamos lá frequentemente para as festas de faculdade: os espaços eram amplos e certamente ninguém iria ouvir o som alto que animava essas festas. Como toda boa festa de estudante, era fartamente regada a cerveja. Era comum, portanto, que os alunos levassem em seus carros engradados e mais engradados de cerveja. Um amigo, estudante de Engenharia Mecânica, foi preso na saída do campus porque a polícia havia encontrado em seu carro alguns engradados de garrafas vazias de cerveja juntamente com um livro de Bombas Hidráulicas. Concluíram que o elemento estava aprendendo a fazer bombas com as garrafas vazias. Era impossível explicar para um delegado de polícia que estávamos só nos divertindo. Esse colega voltou dias depois para a faculdade com o corpo todo marcado por torturas. Queriam o nome da central de confecção de bombas. Ele só conseguiu falar do barracão da Engenharia Naval e os investigadores foram lá várias vezes, acabando com a nossa festa. Esses fatos eram pequenos e desimportantes em face do desaparecimento de jornalistas, de operários e também de estudantes que eram torturados até a morte. O mal sempre provê um padrão para que a indignação de ver um amigo preso e torturado por causa de uma festa fosse sempre relegada ao esquecimento, como se fosse uma tática para que nos acostumássemos ao mal.

Era assim também que eu me sentia quando meu pai voltava para casa. "Felizmente não foi nada" – dizia minha mãe. "Como assim, não foi nada?" – pensava eu. E as noites mal dormidas? E a angústia da perda? Era um inferno dentro de casa e um inferno fora de casa.

A piada recorrente entre os estudantes é que, se você fosse pego com um exemplar dos *Irmãos Karamazov*, do Dostoievski, seria certamente preso e torturado até confessar onde se escondiam esses irmãos. O clima geral na universidade era um misto de medo da truculência e raiva por saber que os repressores eram tão burros.

Como podíamos frequentar qualquer curso dentro da Universidade, fui ver algumas aulas de Filosofia para procurar entender a razão da impossibilidade de aprender Engenharia por causa de um regime político. Muitas vezes o campus estava fechado, bloqueado pela polícia. Ninguém podia entrar. Muita gente dependia do refeitório da Universidade para poder comer a um preço razoável, mas nem assim o acesso não era liberado. Por que alimentar o corpo com aquele almoço horrível e o espírito com os conhecimentos das salas de aula da Poli poderia ser algo subversivo?

O mundo da Filosofia, então, se descortinou maravilhosamente à minha frente e melhorou ainda mais quando conheci Marie, aluna do departamento. Tudo era muito efêmero nesse cenário de medo e insegurança e eu achei que essa namorada seria uma camarada de lutas. Tínhamos a mesma concepção do mundo, gostávamos das mesmas músicas e sofríamos a mesma indignação com o peso do coturno da ditadura. Não estava acostumado com alguém que gostasse de mim durante muito tempo. As condições de contorno que eu trazia eram péssimas e as pessoas logo se afastavam. Marie está comigo há quarenta anos. Tivemos dois filhos e seguimos os ensinamentos de Maiakovski, que dizia "quero acabar de viver o que me cabe". A parte na qual ele dizia que era melhor morrer de vodka que de tédio também contou pontos para elegê-lo nosso poeta favorito. Marie topou essa viagem ao deserto e é por causa dela que agora posso contar essa aventura.

Eu a conheci no meio de um sumiço paterno. Não sabia se podia, se tinha direito de conversar sobre questões do coração com aquela deliciosa companhia, quando tinha problemas muito mais graves para resolver. Mais tarde, quando resolvi escrever, fiquei com a mesma sensação: como poderia gastar meu tempo com uma atividade tão prazerosa se tinha as questões importantíssimas da engenharia para resolver? Talvez tenha sido uma estratégia para não poder ter as coisas de que tanto gosto por causa de uma sombra que me impedia. Como nem mesmo fazia sol, acabei achando que aquela sombra era uma construção mental muito bem-feita.

Acabei a faculdade, casei-me com Marie e nossos filhos nasceram. Quando eles eram ainda pequenos, minha mãe se cansou da vida e nos abandonou. Um fulminante ataque cardíaco levou-a deste mundo. Tomei todas as providências para o sepultamento, mas a realidade só mostrou sua inexorabilidade quando precisei contar o fato aos meus filhos, o mais velho com seis anos e a mais nova com três anos somente.

Meu pai, então viúvo, se entregou totalmente ao álcool e causou muitos problemas. Não aceitava nenhum auxílio médico, nenhuma terapia, nenhum suporte, a não ser da bebida. Foram alguns anos de muito trabalho, muitos desencontros e sofrimentos.

Um dia, a lucidez o abandonou e ele melhorou muito. Evidentemente, não foi de um dia para o outro, mas minha sensação foi essa. Ele havia se esquecido de tudo, inclusive dos vícios que tinha. Esquecera-se de mim, de Marie, dos netos, do cigarro e do álcool. Dessa nuvem de memórias perdidas emergiu uma pessoa afável e simpática. Para o meu bem-estar, gosto de imaginar que essa pessoa sempre tenha existido, só estava encoberta pela casca de uma angustiada lucidez. Pude então ter todas as conversas que não tive com ele, sobre os melhores lugares para ir em um feriado, sobre futebol, sobre a correria do cotidiano.

– Ah, o futebol – interrompeu-me Camus depois da minha longa digressão.

– O senhor gosta desse esporte? – perguntei a ele.

– Devo ao futebol o que mais sei sobre a moral e as obrigações dos homens – disse-me ele. – A TV francesa quis me entrevistar logo depois do prêmio que me foi dado pelos suecos. A entrevista foi no Parc des Princes, em Paris, e o jogo era entre o Racing Club de Paris e o Mônaco. O time do Mônaco acabou ganhando por 3 a 2.

– O senhor jogava futebol? – voltei a perguntar.

– Sim, no Racing de Argel, que usava as mesma camisa do Racing de Paris.

– E em que posição o senhor jogava?

– Eu era goleiro – disse-me ele.

– Não posso crer – respondi. – Enquanto o pessoal brigava lá no meio do jogo, o senhor só ficava olhando e, de vez em quando, fazia uma intervenção.

Ele sorriu e completou, com humor:

– Isso mesmo. Praticamente um estrangeiro em campo.

Depois da leveza dessa revelação e do fino humor de Camus, ele me olhou e, com um gesto de cabeça, sinalizou que queria saber o resto do meu relato.

Meu pai descobriu que eu era engenheiro e achou muito importante essa profissão. Queria saber mais sobre a engenharia e eu me esforçava para contar a ele o que eu fazia, embora percebesse que ele não estava entendendo nada. Mesmo assim ele sorria, fazia expressões de espanto com alguma nova invenção, por exemplo, o avião, e eu experimentava, pela primeira vez na minha vida, o prazer de falar algo sobre mim para meu pai de maneira que ele se orgulhasse do filho. Ele não tinha a menor ideia de quem era aquele fulano que gastava algumas tardes falando com ele, mas prestava uma atenção enorme e, principalmente, olhava nos meus olhos. Era um olhar vazio, sem peso, mas era para mim que ele olhava.

Não era o ideal, eu sei, e já sabia nessa época, mas acabou sendo a melhor experiência que poderia ter tido com ele. Anos mais tarde, o médico dele me pediu que o levasse para o hospital, uma vez que não conseguia mais uma boa resposta da medicação dada. Eu o levei e, como ele estava muito debilitado, colocaram-no em uma maca enquanto faziam o processo de internação. Deixaram a maca num canto da sala de atendimentos e, para que ele não ficasse sozinho, escapuli da vigilância e me sentei ao lado dele. Ao lado, separado por uma cortina, o médico-chefe do plantão explicava para o residente um quadro de evolução de um paciente. Explicou todos os passos até a constatação da septicemia e o consequente óbito. Meu pai tinha virado uma aula. Quando os dois médicos abriram a cortina para encenarem o cuidado que dariam àquele paciente, eu perguntei: “quanto tempo?”. Eles desconversaram, encheram o discurso de palavras técnicas para armar uma defesa justificando a falta de ética cometida, mas na própria atitude já estava a mensagem. Meu pai resistiu por mais uma semana e cumpriu certinho o ritual preconizado pelo médico-chefe. Meu filho, já na faculdade, me ajudou com as providências do sepultamento.

Eu apresentava inequívocos sinais de cansaço, não sei se pela jornada extenuante até aquele oásis ou pela conversa inusitada com um ídolo da Literatura ou ainda pela fome. Depois do café da manhã não tínhamos comido mais nada; tal fora o envolvimento com aquele inesperado visitante.

Uma vez ele havia escrito sobre o despertar da consciência depois de viver muito tempo como uma máquina: acordar, escritório, almoço, escritório, jantar, sono, segunda, terça, quarta. Um dia se desenhava o "por quê" na mente da gente e dessa ideia vinha um cansaço imenso. Segundo ele, esse processo inaugurava um movimento de consciência. Acho que eu ainda estava na fase da fadiga.

Quando eu li essa descrição em *O Mito de Sísifo*, estava em férias com minha família. Meus filhos eram pequenos e estávamos em uma fazenda, cheia de galinhas, cabritos, algumas fontes termais e vizinhos de uma fábrica de doces. Logo que cheguei fiz o mapa do tédio: levar as crianças para ver os animais, banharmo-nos nas águas termais e comprar doces na fábrica. E no dia seguinte fazer a mesma coisa, e de novo a mesma coisa nos dias subsequentes. Estraguei as férias antes mesmo que elas começassem. Eu me lembro do pânico que precisei controlar quando, pela manhã, na atividade de alimentar as galinhas, me vi rodeado de aves ensandecidas em busca do milho que eu tinha nas mãos. Mais tarde, andando com minha filha à beira de um lago, ela pega um pedaço de cocô seco de vaca e joga no lago. Fica surpresa ao notar que o objeto não afunda e define: "Olha, pai – descobri uma pedra que boia". Hoje é um divertido mote familiar, mas à época foi a marcação de um lugar estranho com galinhas enlouquecidas em busca de comida e pedras que boiavam.

Queria aproveitar a rara oportunidade de contar isso ao autor daquelas ideias e que estava ali ao meu lado, mas o cansaço que sentia naqueles dias estava acontecendo novamente naquele oásis. "Por que seu texto é tão impactante?", queria perguntar, mas não tive forças.

Camus deve ter percebido ou estaria também cansado e levantou-se para ir-se embora. Disse-nos que havia uma espécie de jantar na mesma tenda em que havíamos tomado o café da manhã e eu percebi que meu primeiro desejo havia sido cumprido. Não esgotara tudo que precisava dizer para aquele ícone da Literatura, mas me emocionei até as lágrimas quando ele me abraçou e disse:

– Cuide-se. Você percorreu um lindo caminho e construiu uma bela mansão de afetos. Parece que quer envelhecer com Marie, o que demostra inequivocamente que a ama.

– Cometi alguns erros, mestre – disse, depois de perceber que, pela primeira vez naquela conversa, ele havia me chamado de "você".

– A única coisa que pode atormentá-lo agora – disse-me ele – não foram esses erros, mas sim a impossibilidade que a velhice lhe deu de não poder voltar a fazê-los.

Dizendo isso, se despediu de Marie, deu-me um outro abraço, saiu da tenda onde havíamos passado o dia e se perdeu na imensidão do deserto. Nunca mais o vi.

18. Mon chou

Meu pai me acordou cedo. Saudei minha mãe e comemos juntos a refeição matinal. Ela olhava para mim e sorria. Acredito que o motivo disso fora a notícia dada por Deus para meu pai, já com cem anos. Ele dizia que sua esposa haveria de lhe dar um filho. Como ela já havia passado o período de procriar, essa notícia foi recebida com regozijo pelos meus pais. Nos últimos vinte e cinco anos, desde que eu nasci, essa imagem se repete. Sempre me senti acolhido por aquele sorriso matinal e por tudo que ele significava.

Naquele dia, porém, meu pai, reservado por natureza, estava mais quieto do que de costume. Depois dos ritos matinais, ele me comunicou:

– Vamos até o Monte Moriah.

– Meu querido pai, mas esse lugar é bem longe – disse eu preocupado com sua saúde e sua idade avançada. – O que precisamos fazer lá?

– Nosso Deus me pediu um sacrifício. Precisamos levar lenha para o sacrifício e alimento para o caminho.

Eu e os dois servos que iriam conosco rachamos a lenha para o sacrifício enquanto meu pai encilhava os jumentos para a viagem. Minha mãe já havia preparado a alimentação para os três dias de caminhada, nos olhava, ainda com aquele sorriso nos lábios que fazia com que eu me visse nela.

Saímos então da nossa aldeia, no meio do deserto, e fomos com destino ao Monte Moriah, cem quilômetros na direção norte. Viajávamos todos pelo mesmo lado da estrada, sem trocar nenhuma palavra. Quando era hora de nos alimentarmos, parávamos e, em silêncio, fazíamos as refeições para, logo em seguida, continuar a viagem. No fim do dia, dávamos água e comida aos jumentos e nos recolhíamos. Na madrugada, meu pai me acordava e a viagem silenciosa recomeçava.

Depois de três dias, meu pai parou a caravana e se dirigiu aos servos:

– Vocês fiquem aqui com os jumentos que eu e meu filho iremos até o alto daquele monte para consumar o que foi pedido.

Subi com meu pai o Monte Moriah, levando a lenha para fazer a pira do sacrifício. No meio da subida, ousei dizer:

– Meu pai, temos tudo para o sacrifício pedido por Deus, mas não temos o cordeiro.

– Deus mesmo há de prover o cordeiro para o holocausto, meu filho.

Ao chegar no ponto que meu pai reconheceu como sendo o fim da viagem, descarregamos a lenha trazida e eu o ajudei a fazer a pira sacrificial.

Novamente, perguntei:

– E o cordeiro?

Meu pai amarrou meus pulsos e meus tornozelos e fez com que eu me deitasse na pira que acabáramos de construir. Aos poucos fui compreendendo que o cordeiro a ser imolado era eu. Quando meu pai colocou a mão esquerda nos meus olhos, para que eu não visse o que iria acontecer e para me sujeitar àquela posição, ouvi o ruído característico de sua faca saindo da bainha. Um pânico gigantesco invadiu meu coração e rapidamente fiquei selecionando meus atos recentes para identificar qual deles estava sendo punido daquela forma. Tentei me desvencilhar para poder explicar algum erro que tivesse cometido e pedir clemência a meu pai, mas ele me manteve energicamente deitado na pira. A força de seu braço e o respeito que eu tinha por ele me fizeram desistir de levantar. Não sei de onde vinha aquela força em um velho centenário como ele.

De repente, pude perceber um clarão por entre os dedos dele, que encobriam meus olhos. Ouvi também uma voz que chamava pelo meu pai.

– Eis-me aqui – respondeu meu pai.

– Não toque no rapaz – disse a voz. – Não lhe faça nada. Agora sei que você teme a Deus, porque não me negou seu filho, o seu único filho.

Após ouvir isso, escutei o balido de um cordeiro, que havia sido deixado pelo anjo numa moita ao lado da minha pira. Meu pai me desamarrou, recolheu sua faca que caíra no chão e juntos imolamos o cordeiro em agradecimento a Deus.

Desci o Monte Moriah com os olhos cheios de lágrimas. Tinha vivido uma experiência inacreditável e não sabia o que pensar. Imaginei que seria mais fácil aprender um outro dialeto para acomodar meus pensamentos. Precisava reconstruir o logos.

Encontramos os servos esperando pacientemente no ponto combinado e seguimos de volta para casa, agora um de cada lado da estrada. Eu não conseguia mais falar, perdera a linguagem depois daquele salto no absurdo que dera. Tentei imaginar a angústia pela qual passara meu pai, entre a fé em Deus e a ideia de perder seu único filho. Eu era o filho querido e, por ter essa honra, havia ganho aquele presente.

Eu ainda respeitava meu pai e, agora, tinha medo dele. Eu também experimentava uma sensação enorme de culpa, embora não soubesse direito de onde ela vinha. Olhava meu pai do outro lado da estrada e, se ele olhava para mim, desviava o olhar. Ele era grande demais, importante demais. O Anjo do Senhor falara com ele. Se esse anjo descobrisse que eu tinha medo dele ou que estava perdendo, ainda que minimamente, o respeito por aquele centenário senhor, eu certamente iria arder nas profundezas do Inferno.

A viagem de volta foi mais árdua do que a ida. O caminho era o mesmo e estávamos mais leves, mesmo assim, foi difícil voltar. Minha mãe estava lá, me esperando, com aquele sorriso nos lábios que já não fazia mais com que eu me visse nela.

– Acorda – me sacudia Marie. – Acorda.

– O que houve? – acordei assustado.

– Você estava tendo um pesadelo?

– Não sei, acho que sim. Eu era Isaac no meu sonho. Aquele Isaac da história do Camus. Andava com meu pai à beira de uma estrada e fazia um sol muito forte. Estou sentindo ainda esse sol.

– Meu querido – disse Marie, colocando a mão na minha testa –, você está é com febre.

Percebi então que a alimentação irregular do dia anterior associada ao impacto de ter conversado com aquele escritor famoso tinham me deixado num estranho estado mental. Marie saiu da tenda para buscar socorro, um termômetro, um paracetamol, mas não encontrou nada. Comecei então, sob orientação de uma mulher berbere, uma dieta à base de leite de cabra, tâmaras e mel. Às vezes me davam figos, mas eu percebia que ia ficando cada vez mais indisposto.

Uma forte tempestade de areia varreu todo o oásis em que estávamos, arrancou as três palmeiras e as rosas do deserto e me levou pelos ares até a minha cidade natal. Cheguei dirigindo um fusca branco que me levava à faculdade e logo subi a avenida em que ficava o centro telefônico da cidade. Todos acenavam para mim, insistentemente. Após tanto tempo, ainda era lembrado, pensei. Descobri logo em seguida que me avisavam que estava dirigindo na contramão. Sempre subira por aquela avenida e nunca houve a preocupação na cidade de mão e contramão, em função da ausência de tráfego. Saí da contramão numa rua transversal e percebi que a cidade estava repleta de prédios altos, aço e vidro, modernos. Olhava as pessoas passando e ninguém me acenava mais, era um completo desconhecido.

Saí do meu carro disposto a cumprimentar os transeuntes, perguntar se alguém se lembrava das mesmas coisas que eu e percebi, como na letra da canção, que minhas mãos eram dois balões e não podiam cumprimentar ninguém. Agoniado com aquilo, me agitei tanto que acordei, num despertar banhado de suor e mal-estar. A dieta berbere parecia não estar funcionando. Percebi Marie agitada também, o que me causou muito medo. Ela era calma e estava inquieta. Eu mergulhava nas profundezas de sonhos desconexos e voltava à tona para trocar a túnica berbere, que, uma após outra, ficava ensopada de suor. Imaginei que acordara duas vezes desse pesadelo, e depois Marie me contou que foram dois dias.

No terceiro dia, um helicóptero com uma lua crescente vermelha pousou no deserto, levantando areia. Eu achava que era outra tempestade como aquela do sonho. Marie reclamou tanto no oásis, pedindo socorro para mim, que arrumaram um jeito de falar com Sedik, que mandou o helicóptero nos buscar. Durante a remoção, uma jovem toda de branco com um véu branco colocava frequentemente um pano molhado na minha testa. Seus belíssimos olhos castanhos eram estranhamente familiares. Não conseguia falar com ela por causa da febre e do barulho do helicóptero, mas sentia o frescor do pano molhado na minha testa. Num determinado momento tudo ficou em silêncio e eu perguntei seu nome. "Aïsha", ela me respondeu. Depois disse que tudo ia ficar bem.

O helicóptero nos levou até o hospital Ibn Rochd em Annaba, um hospital universitário, ou CHU (Centre Hospitalier Universitaire), como eles chamavam. Fiquei sabendo no hospital que um transmissor conhecido de vírus no deserto era o simpático dromedário. Aquele papo com Aljaf, insistindo para que ele bebesse água, pode ter causado aquele quadro tão incômodo. Depois pensei no helicóptero. Se arranjaram um modo de enviar um para buscar-nos, por que não alocaram um para nos levar? Ou será que o sofrimento no deserto fazia parte do pacote?

Desidratado, desnutrido e com um princípio de insolação, fiquei três dias internado, com Marie ao meu lado. Por que eu tinha tido tudo aquilo e ela não? Tínhamos vivido a mesma aventura. Percebi as forças retornando e não tinha mais sonhos pesados. Só a cabeça ainda pesava uma tonelada quando tentava me levantar. Ninguém apareceu no hospital, mas fiquei com a impressão de que alguém tinha orquestrado as coisas de modo que eu fosse muito bem tratado.

Arrumei dois amigos no hospital: Salima, a enfermeira que parecia minha mãe, mas que na verdade era mãe de Mustafá, um fã de futebol. Perguntei a Salima quem era Aïsha, a moça de branco que viera no helicóptero comigo. Ela não conhecia nenhuma pessoa com aquelas características. No meio da minha descrição, lembrei-me de onde a conhecera. Era ela quem estava ao lado do caixão do tio Leonardo, me olhou demoradamente e depois foi embora sem falar nada. Salima contou depois para Marie que fiquei tão agitado querendo saber quem era essa tal Aïsha que ela precisou chamar o médico de plantão para que ele autorizasse a aplicação de um sedativo.

Depois veio Mustafá. Ele gostava muito de falar sobre futebol e a oportunidade de conversar com um brasileiro sobre isso lhe parecia ímpar, de modo que, sempre que podia, vinha me visitar para falar sobre esse assunto. Estava superfeliz pelo fato de o time argelino ser o último campeão da Copa Africana de Nações. Contou-me também que sua querida seleção de futebol tinha ido até o Brasil para jogar a Copa do Mundo em 2014 e que tinham sido desclassificados pela Alemanha.

– Nós também fomos desclassificados pela Alemanha nessa Copa – disse a ele.

– É, eu sei. Perguntei até para a minha mãe se poderia falar sobre isso com um brasileiro que está doente no hospital.

– Sem problema – ri ao responder. – Foi realmente um momento complicado para os brasileiros fãs de futebol.

– Nós conseguimos um empate de zero a zero no tempo normal. O senhor se lembra?

Eu não me lembrava mais da performance da Argélia na Copa do Brasil, mas fiz de conta que lembrava, para manter meu novo amigo.

– Aí, na prorrogação, a Alemanha fez dois gols e depois Djaba diminuiu. Perdemos por 2 a 1.

– Se vocês tivessem vencido aquele jogo, o Brasil não teria passado a vergonha que passou com o 7 a 1, o placar mais vergonhoso da história do futebol brasileiro em copas do mundo.

– Eu achei que os alemães queriam se vingar de nós – continuou Mustafá.

– Se vingar do quê? – perguntei.

– Na Copa da Espanha nós os vencemos. O senhor se lembra da Copa da Espanha?

– Claro que sim. Foi outro sofrimento para os brasileiros. A Itália destruiu o Brasil nesse jogo, ou melhor, o Paolo Rossi destruiu o Brasil. E nós tínhamos Júnior, Zico, Falcão, Sócrates – um time espetacular. Meu filho era recém-nascido e nós não podíamos falar muito alto senão ele acordaria. Quando Paolo Rossi recebeu o passe errado de Toninho Cerezo, meu coração já batia na garganta.

– Eu nasci nesse ano também – contou-me Mustafá – e meu nome foi dado em homenagem ao grande jogador argelino, Madjer. O senhor se lembra dele?

– Claro que sim – imaginei que seria uma desfeita dizer que não me lembrava do ídolo do pai dele, pelo menos. E tinha certeza de que iria saber tudo sobre Madjer logo em seguida.

– Rabah Mustafá Madjer foi o melhor jogador argelino de todos os tempos – me disse ele, – Foi ele o autor do primeiro gol contara a Alemanha na Copa da Espanha. Vencemos por 2 a 1, mas fomos desclassificados no saldo de gols.

– E depois os alemães devolveram a derrota na Copa do Brasil?

– Parece que sim. E pelo mesmo placar – lamentou-se Mustafá.

Normalmente conversas sobre futebol são inesgotáveis. Uma história puxa a outra que faz lembrar de um outro momento e não parece ter fim. A enfermeira, mãe de Mustafá, precisava lembrar o filho que a hora da visita tinha terminado e que o paciente precisava descansar. Marie se divertia com esses papos. Quando Mustafá não vinha, Salima fazia as honras da casa e nos contava sobre o que havia de melhor em Annaba. Disse que precisávamos visitar tudo quando eu saísse do hospital. Uma das coisas que ela falou bastante foi sobre a Basílica de Santo Agostinho, uma construção do final do século XIX. Disse Salima que ela ficava bem perto da Basílica da Paz, onde verdadeiramente o Bispo Agostinho celebrava as missas na virada do século IV para o século V. Salima era muçulmana, mas dizia que se sentia muito bem nesse lugar. Tudo parecia ter uma calma muito grande. Nos recomendava que fôssemos de táxi, pois o caminho para subir ao alto da colina era tortuoso. Além de tudo, ressaltava ela, dava para ver boa parte da baía de Annaba do alto da colina na qual ficava a basílica.

Salima também nos contou sobre os males do deserto. Algumas coisas eram inexplicáveis, segundo ela. Falou-nos sobre a Síndrome de Jerusalém, que aprendera quando fez um estágio em Israel. As pessoas desenvolviam uma ilusão de que eram enviados especiais de Deus. Similar à sensação de estar vendo um oásis onde não existe nada, mas essa síndrome dava ao doente dela uma sensação de ver Deus ou de se sentir o próprio Messias. Nunca nenhum paciente havia chegado naquele hospital com essa síndrome, dizia ela.

– Aí a senhora pensou que eu era o enviado de Deus? – provoquei.

– Felizmente foi só uma insolação. Uma forte insolação, mas não afetou seus pensamentos – concluiu Salima.

Marie me olhou com cumplicidade. Eu já achava que algo não estava indo bem, em função de uma história toda complicada como aquela. Salima acabara de me dizer que eu não estava louco, o que pressupõe que ela tenha pensado justamente o contrário. O que a fizera mudar de ideia, além do diagnóstico dado pelos médicos? Talvez a conversa com Mustafá sobre futebol. Quem conversa muito tempo com nossos filhos sempre é uma pessoa saudável. De qualquer maneira, fiquei feliz por ter passado em um exame ao qual nem sequer sabia que me submetera. Profilaticamente, nunca mais falei de Aïsha, a moça dos olhos castanhos. Esse assunto incomodava todo mundo, mas até o fim da minha estadia no hospital fiquei com a sensação de que ela voltaria para me visitar. Aïsha nunca mais voltou.

Assim, com muita conversa e remédios, nossa permanência na Argélia foi se prolongando. Ao ter alta, o médico recomendou que não viajasse. Pediu que me recuperasse antes de voltar para casa. Sugeriu que eu fizesse pequenas caminhadas e voltasse para o hotel. Não precisamos pagar nada quando saímos do hospital. Apesar de não ter recebido nenhuma visita além de Mustafá, alguém estava se responsabilizando por nós.

O que eu ganhei com isso foi o tratamento carinhoso de Marie, que desde a permanência no Centre Hospitalier Universitaire começou a me chamar de *mon chou*, um tratamento super carinhoso em francês. Acabei concordando com Camus: estava envelhecendo com Marie e percebendo que ela fazia parte do meu verão invencível.

19. O urso polar

Voltamos ao Le Majestic. Marie já havia ido lá e desfizera toda a bagagem que ficara guardada no hotel. Muitas e muitas vezes eu reclamara daquele hotel. Agora, me parecia um familiar oásis. Se algumas odaliscas estivessem dançando no saguão, não me surpreenderia.

O jovem garçom que havia pesquisado para mim as origens de Lucius Apuleio me cumprimentou sorridente e arriscou uma pergunta:

– O senhor já se decidiu se quer ir para Souk Ahras?

Fiquei com a impressão de ter vivido naquele lugar muito antes dessa viagem à Argélia. Todos se lembravam do que haviam conversado comigo, todos me reconheciam. Era uma estranha familiaridade com um mundo que não fazia parte do meu. Vasculhei os vastos palácios da memória, como diria Santo Agostinho, onde se encontram os inúmeros tesouros de imagens e sensações trazidas pela percepção, mas não encontrei nenhuma pista, nenhuma porta que me levasse a compreender esse *déjà-vu*. Existia algo de simpático, de amistoso naquele jovem garçom, que certamente entrara pela defesa que deixei desguarnecida por causa dos inúmeros dias no hospital e tinha feito com que eu sentisse saudade de uma coisa não vivida.

O mais curioso é que, ao mesmo tempo, eu tinha consciência de que aquilo era uma gentileza técnica. Tinha viajado muito pelo mundo para saber que os funcionários dos hotéis eram instruídos a mostrarem uma grande simpatia pelos hóspedes.

– Simpático esse rapaz, né? – comentei com Marie, depois de agradecer ao jovem garçom pelo seu interesse. Ela anuiu mecanicamente com a cabeça.

– Acho que sempre os funcionários dos hotéis são simpáticos, você não acha? – experimentei, para ver a reação dela.

Marie me olhou com uma cara, dessas com que a gente olha os

doentes que puxam um assunto que não parece ter nada a ver com o momento, e me respondeu:

– Não sei, não. Você se lembra daquele hotel na Áustria?

Sorri quando Marie abriu essa porta no palácio das minhas memórias. Houve uma época em que gostávamos muito de visitar castelos, não sei bem por quê. Hoje não creio que voltaria a investir tanto tempo em castelos. Pois bem, um dia, na fase mais aguda dessa mania, quando gostávamos de castelos com nomes difíceis, fomos conhecer o Castelo de Neuschwanstein na Alemanha. Era o castelo do *Ludwig* II, também conhecido por Rei Cisne, em referência a *Lohengrin*, uma ópera de Wagner, que, por sua vez, era protegido pelo Rei Cisne. A vida desse rei terminou de uma maneira trágica – ele e o médico que o declarara insano foram passear na beira de um lago no qual se afogaram. O local onde o rei alemão, exímio nadador, foi encontrado morto tinha meio metro de profundidade. Esse castelo também era o modelo do castelo da Cinderela, da Disney. Tinha então a versão alemã, trágica, wagneriana, e a versão americana, na qual se podia comprar um cisne de lembrança na lojinha que ficava na saída do castelo.

No meio da visita, resolvemos mudar de castelo e ir direto para o Castelo de Ehrenberg, na Áustria, distante uns trinta quilômetros de Neuschwanstein. O castelo austríaco já estava em ruínas, mas atravessar a fronteira austro-alemã com muitos lagos, uma boa estrada e lindas paisagens já era um passeio suficientemente bom para nós. No meio do caminho, fomos surpreendidos por uma tempestade fortíssima, que não me permitia ver um palmo à frente na estrada. Ao passarmos por um lago, disse para Marie que aquele era o lago onde o médico e o rei Cisne haviam se afogado. Com a piada mórbida, Marie se assustou mais do que eu imaginava e me fez parar no primeiro lugar onde pudéssemos arrumar um hotel. Esse lugar foi Reutte, um tétrico vilarejo austríaco. Estacionamos o carro alugado na frente de um hotel e descemos debaixo de uma chuva torrencial. Era ficar ou ficar.

Fomos recebidos como estranhos. Bom, num hotel imagina-se que quase todos são estranhos, mas ali essa sensação era potencializada pelos olhares hostis. Só quem não nos olhava assim era uma estátua de cerâmica negra, que servia de luminária no nosso quarto.

Era uma mulher nua, alta, negra, segurando uma haste dourada que tinha na ponta uma lâmpada. Pelo menos, a decoração era coerente com a ambientação do hotel. Depois de secarmo-nos, descemos para o bar para beber algo quente, alcoólico, uma vez que a chuva enregelara nosso corpo e o hotel enregelara nossa alma. No bar só estavam os homens e Marie era a única mulher. Quando pedimos duas taças de vinho, senti a nuvem da indignação ficar mais carregada.

No jantar, escolheram a garçonete mais agressiva do mundo para servir nossa mesa. Ela usava uma saia longa e só falava alemão, um idioma que não sabemos, e, quando eu tentava pedir alguma explicação em inglês, ela fazia de conta que não entendia. Num determinado momento, eu disse a ela em inglês: "se você não gosta de atender turistas, por que nos aceitou como hóspedes?". Ela entendeu e se retirou batendo os calcanhares nas polainas do terceiro reich que usava debaixo da saia. Veio substituí-la uma outra com uma gentileza mecânica, mais fria do que a mulher-luminária do meu quarto.

Sem sabê-lo, Marie me fez lembrar com detalhes dessa história. A simpatia do menino argelino contrastava com a glacial hospitalidade austríaca, que nem deveria ter vindo à tona naquele momento. As salas do vasto palácio da memória, porém, são intercomunicáveis e, naquele dia, excepcionalmente, todas as portas teimavam em ficar abertas.

– Está perdido em reflexões? – me perguntou Marie, após meu longo silêncio.

Como se estivesse pensando obsessivamente numa volta, sugeri:

– E se formos na agência da Air Algérie? Acho que está na hora de a gente preparar a volta para casa. Era aqui perto a agência, não era? Ficava no térreo, num prédio baixinho.

– Nós não vamos a lugar nenhum, mon chou – dizia Marie. – O médico foi taxativo nas recomendações. Você precisa de repouso.

De fato, depois de um banho quente e uma refeição leve que Marie havia pedido no hotel, um cansaço monumental se apossou de mim.

No dia seguinte fiquei inquieto, andando de um lado para o outro, com a impressão de que precisava fazer algo, mas não sabia o que era. Insisti com Marie para que saíssemos.

– E você quer ir aonde? – ela me perguntou.

– Que tal se fôssemos na Basílica de Santo Agostinho?

– Você quer visitar uma igreja? – surpreendeu-se Marie.

– Sim – disse com uma convicção que não tive nem em Ouro Preto nem em Roma, com aquela infinidade de igrejas que essas cidades têm.

Marie me lembrou que ainda estávamos na África. Acabamos discutindo sobre o sol, a igreja no alto de uma colina, a dificuldade de chegar. Tudo que eu não precisava era de sol e de dromedários naquele momento. Resolvemos dar um passeio numa praça – Cour de la Révolution – que o folheto turístico do hotel comparava às *ramblas* de Barcelona, dizendo que eram similares como duas gotas d'água. Não era bem assim: a gota d'água espanhola encharcara minha memória de lembranças, ao passo que a única grande vantagem da *rambla* de Annaba era estar apenas a dez minutos do hotel em que estávamos hospedados.

A praça argelina era longa e estreita, mais ou menos uns quinhentos por cinquenta metros. Cheia de árvores e cafés decadentes e nas ruas laterais uma infinidade de lojinhas. Eu não tinha muitas referências sobre a África muçulmana. Era a minha primeira vez nesse continente, mas a paisagem urbana daquele ponto da cidade me lembrou do café do Rick Blaine em Casablanca, no Marrocos. Fiquei pensando se seria possível uma história de amor naquele cenário e comecei a procurar alguma Ilsa Lund atravessando apressadamente a rua. Ainda era muito cedo para histórias de amor – elas costumam acontecer no fim da tarde, com o pôr do sol ou à noite, ao som de um piano. Apertei a mão de Marie, que sorriu para mim, como se soubesse o que eu pensava, e continuamos o passeio pela *rambla* argelina.

Marie tinha levado um véu e se misturou confortavelmente às poucas mulheres transeuntes. Passamos pela prefeitura, um maravilhoso prédio antigo, e pelo teatro regional, com uma arquitetura *art-déco*, completamente diferente da prefeitura. No teatro, entre inúmeros caracteres árabes, estava escrito em francês: "Conte-me uma história". Abri mais uma vez a torneira da memória e imaginei uma recriação das *Mil e Uma Noites*, uma versão para o palco da incrível história da ardilosa Sherazade, a filha da noite, que enganava um sultão enraivecido com as mulheres. Noite após noite ela o encantava com a poder de uma história não terminada. Imaginei uma apresentação magnífica, com a trilha sonora de Rimsky-Korsakov. Pena que não iríamos conseguir ingressos, lamentei.

Marie olhou para mim e diagnosticou imediatamente:

– Realmente, você tomou muito sol no deserto. Acho – continuou ela – que deve ser apenas uma sessão de teatro infantil na qual as crianças contam uma história familiar aprendida com a avó. E tudo isso em árabe, de maneira que nem adianta ter os ingressos.

Apesar de o programa ser espetacular, tanto na minha mente como na dela, a falta de ingresso nos fez continuar peregrinando pela praça e seus arredores. A loja de roupas, o *showroom* de eletrônicos, o hotel D'Orient, o restaurante Atlas, com a escultura de um sorvete na porta. Até hoje sei de cor os cantos daquela praça, visitados minuciosamente várias vezes.

Abatidos pelo tédio argelino e estimulados pela escultura do sorvete na frente do restaurante Atlas, resolvemos parar numa sorveteria que levava o nome de L'ours Polaire. Um urso polar no meio da Argélia. A escolha do lugar, claro, ficou por conta de Marie, com seu incomparável faro para lugares bons. Dessa vez, ela acertou mais do que podíamos imaginar.

Quando nos dirigíamos para a sorveteria, caminhando pelo terreno percorrido inúmeras vezes, eu protagonizei um dos maiores tombos da minha vida. Tropecei em uma pedra solta do calçamento e, sem a menor condição de me equilibrar, fiquei estatelado no chão do Cour de la Révolution. Marie se assustou num primeiro momento, por causa da minha convalescença, e uma rodinha de curiosos se formou instantaneamente. Logo em seguida, em meio ao vozerio árabe, Marie percebeu que eu estava bem. Com um pouco de vergonha, mas bem. Um senhor muito bem-vestido, com uma enorme barba branca, ajudou Marie a levantar-me. Na verdade, ele me levantou sozinho – parecia ser bem idoso, mas tinha uma força enorme aquele senhor. A rodinha de curiosos foi se dissipando e ele me ajudou a chegar até a sorveteria.

– O senhor está bem? Consegue andar? – perguntou-me o homem de barba branca.

– Sim, creio que sim – respondi, enquanto ele pedia ao garçom argelino um pouco de água gelada.

Marie convidou-o a sentar-se, disse que nós planejávamos tomar um sorvete e perguntou se ele nos acompanharia. O velho senhor recusou, mas disse que gostaria de conversar um pouco conosco, se fosse possível. De novo trocamos, eu e Marie, um olhar de truco e eu perguntei:

– Quem é o senhor?

– Meu nome é Aurelius Augustinus. Vocês podem me chamar de Agostinho, uma vez que Aurelius indica somente que eu sou cidadão romano. Creio que o senhor e sua esposa já esperavam pela minha visita. Já fui bispo desta cidade, que antigamente levava o nome de Hipona.

– Como eu posso acreditar que o senhor é Santo Agostinho? – perguntei, incrédulo.

– Sei que é notória a sua falta de fé – disse ele, o que fez com que Marie disfarçasse um sorriso.

– O senhor tem toda razão – disse ela.

Nesse momento, o garçom trouxe a água pedida por Santo Agostinho, nosso colega de mesa na sorveteria Urso Polar. Enquanto eu olhava para aquela água, provavelmente benta, naquela altura dos acontecimentos, Marie aproveitou para pedir duas taças de sorvete de pistache.

– Eu não sei o que é fé – disse a eles. – Existe um racionalismo que insiste em não me abandonar.

– Veja, tome como exemplo sua queda recente. A fé é tão necessária para a vida como é a raiz para uma árvore. Sem raiz, ela cai, tomba e não consegue se manter.

– Camus já tinha me acusado de falta de fé. Mas a razão parece se impor a tudo. Se somos seres capazes de raciocinar, e isso nos difere de outros seres, como levar em conta a fé?

– Não sei se conseguiremos discutir isso aqui com a profundidade requerida, mas eu queria dizer que, longe das reflexões filosóficas, é mais agradável ter fé – disse ele, com um sorriso –, muito mais agradável do que não tê-la. Além do mais, acredito que a fé tenha olhos próprios, que de algum modo vê que é verdadeiro o que ainda não vê.

Depois de passado o susto de ter proposto, assim sem pensar, um diálogo sobre fé e razão com aquele homem, fiquei surpreso com a resposta. Se ele enveredasse pelas razões filosóficas que o tornaram famoso, eu provavelmente ficaria sem argumentos. Por mais que tivesse lido sobre ele, ficava com a sensação de nada saber.

– Eu tenho uma dúvida sobre a fé – disse –, ou melhor, sobre a sua história, se me permite dizer assim. É algo voltado à sua conversão. Houve mesmo uma conversão ao cristianismo? Houve uma época não cristã em sua vida?

– É difícil dizer isso – explicou-me aquele senhor de barbas brancas, com os olhos cravados nos meus, como se fosse meu amigo há anos. – Na verdade, acho que bebi a cristandade junto com o leite materno. Monica, minha mãe, me criou com valores cristãos, mas acabei me deslumbrando com Cartago, que era uma linda cidade, repleta de prazeres, desde que Dido a fundara.

– Dido? A mesma Dido do problema famoso?

– Que problema é esse? – perguntou-me Agostinho.

– Bom, não tem nada a ver com o que estamos conversando, mas, como eu sou bastante ligado à matemática, veio-me isso à mente. O problema de Dido consiste em determinar o formato de uma curva de maneira que contorne a maior área possível.

– Eu não conheço esse problema, mas certamente está ligado à rainha Dido, fundadora de Cartago. Quando ela aportou no norte da África, negociou com um chefe berbere a posse de tanta terra quanto pudesse ser demarcada com o couro de um boi. A rainha então pediu aos seus servos que cortassem o couro do boi em tiras muito finas, que foram atadas para formar uma enorme faixa, usada para demarcar o perímetro da cidade que viria a se chamar Birsa, cujo significado era couro. Ao redor de Birsa é que se ergueu Cartago.

– Que linda história – interveio Marie. – Eu conhecia a história de um amor impossível da rainha Dido. Não me lembro dos detalhes. O senhor conhece essa história?

– Sim, claro – sorriu Agostinho –, a história de Cartago está permeada de amores impossíveis, a começar pelo de sua rainha. Ela se apaixonou por Enéas, vindo da queda de Troia, com a missão de fundar Roma. Isso é o que nos conta Virgílio em sua Eneida. Quando ele parte para encontrar o Lácio e fundar uma cidade que dominaria o mundo, Dido se suicida.

– Que trágico – comentei.

– Pois é – continuou o simpático velhinho de barbas brancas –, em Cartago, Hedonê nos levava suavemente pela mão até a presença de Tânatos. De uma certa maneira, minha mãe me ajudou a escapar disso.

– Mas a sua conversão não se deu com um trecho de São Paulo? Eu li certa vez sobre uma canção que o senhor teria ouvido e que dizia "*Tolle, lege*". Então o senhor teria tomado o livro nas mãos e lido um trecho de uma epístola de São Paulo.

– Você andou lendo minhas *Confissões*, não é? Foi lá que coloquei esse trecho, muito importante para a minha vida.

– Por acaso, o senhor se lembra desse trecho?

– Claro. Escute: "Comportemo-nos honestamente, como em pleno dia: nada de orgias, nada de bebedeira; nada de desonestidades nem dissoluções; nada de contendas, nada de ciúmes. Ao contrário, revesti-vos do Senhor Jesus Cristo e não façais caso da carne nem lhe satisfaçais aos apetites".

– É muito interessante – disse eu –, mas foi uma dúvida que me fez prestar tanta atenção a essa passagem.

– E que dúvida seria?

– Esse trecho seria assim tão poderoso para provocar a conversão de alguém?

Fiz a pergunta e fiquei esperando pela bordoada. Questionar um texto bíblico, ainda mais para um santo, e ainda mais para alguém que dava tanta importância a esse texto, tinha sido um pouco deselegante, no mínimo. Já tinha me arrependido da pergunta quando ele me responde com a voz e o olhar mais pacíficos deste mundo:

– Essa foi só uma parte do processo. Alguém precisava me dizer isso.

20. Imagine

Fiquei com uma estranha sensação de que não iria conseguir falar com aquele senhor. De alguma forma, não sei como, ele me colocou em contato com a minha própria agressividade. Normalmente, eu percebo essas coisas no dia seguinte, na semana seguinte, de maneira que é quase impossível lidar com esse sentimento quando ele aparece. Na conversa que estávamos tendo, me permiti perceber isso a tempo. Tive a impressão de que se eu duvidasse de sua fé, ridicularizasse sua afirmação de que havia encontrado o caminho da salvação quando leu no texto sagrado que tinha que parar de comer e beber, mesmo assim, isso não iria ofendê-lo. Então, o que foi curioso para mim, optei por não derramar toda essa agressividade. Imaginei, ao contrário, que se a derramasse seria eu o alvo que ela buscaria.

Por força do meu ofício de professor, eu conhecia a atemporal fórmula pedagógica de Santo Agostinho que incitava o aluno a assinalar tudo o que não havia entendido e depois vir conversar com o professor. "Anote tudo o que não lhe parece claro e depois venha ter comigo" – ele diria. Não conseguiria escrever nem anotar mentalmente tudo o que não estava ficando claro naquela conversa, mas uma enorme vontade de aprender veio me saudar. Lembrei-me quase instantaneamente da fala do meu netinho de cinco anos quando começou a perceber que havia muita informação interessante na palavra escrita. "Uma das coisas que eu quero muito saber, vô" – me dizia ele – "é aprender a ler". Como tudo tem seu tempo sob o sol, meu netinho aprendeu a ler e eu, certamente, me esforçaria para compreender as palavras daquele homem que, de alguma forma, já confortavam meu coração. Pouco a pouco percebia que a simplicidade dele era mais forte e mais eficaz para a alma do que aquele desejo irrefreável de tentar fazer valer meu ponto de vista. Talvez como a pintura, a escultura, a literatura e tantos outros fazeres inspirados pelas Musas, a conversação também fosse uma arte.

– Minha arrogância – continuou ele – fez-me muito mal durante muito tempo e eu não sabia como lidar com ela. A conversão, então, apenas começou com as palavras duras de Paulo, o apóstolo. Depois ela precisou ser refeita todos os dias, ou melhor, construída dia após dia na busca de uma vida mais útil.

– Parece que o senhor teve sucesso nessa construção, uma vez que suas palavras são simples e cativantes. Não existe sequer a necessidade de se defender atrás de palavras sofisticadas para resguardar suas conquistas, como se nota em vários filósofos. Eu sempre procurei essa didática, essa simplicidade para apresentar as coisas, e nunca tive muito sucesso. Às vezes tudo parece se esconder atrás de um denso véu, difícil de penetrar.

– Olha – continuou Agostinho –, não creio que precise defender o que tenho por detrás do escudo da linguagem. Afinal, nada tenho que possa perder. Ou melhor, eu me identifico muito com aquilo que tenho. Talvez a simplicidade venha daí.

– Mas existe um conteúdo tão bom, tão gratificante em tudo que o senhor tem.

– Veja, uma taça pode conter um pouco de sorvete de pistache, como esse que o senhor e Marie estão tomando, o ar que nos cerca tem essa maravilhosa luz e nossa alma tem a sabedoria. Mas nenhuma dessas coisas é o que tem. Por isso, podem perder o que têm e transformar-se, assumir outras configurações. Essa taça não é o sorvete de pistache, o ar não é a luz e tampouco a alma é a sabedoria. Assim, a taça pode ficar vazia, pode escurecer e o ar perder a luz e a alma pode ensandecer-se.

Dei uma colherada no meu sorvete de pistache, enquanto olhava para Marie e tentava compreender as palavras do mestre que, ingenuamente, tinha achado simples.

– Então – arrisquei eu – simples são as coisas que constituem a natureza divina?

– Muito bem – o santo homem sorriu e me cumprimentou –, muito bem. Acho que o senhor percebeu o sentido dessa simplicidade.

Na verdade, eu havia lido *A Cidade de Deus*, obra na qual esse assunto era tratado, mas confesso que não tinha entendido muito claramente a discussão proposta. Agora, tudo parecia cristalino e uma sensação indescritível de bem-estar se apossou de mim. Não sei se por ter entendido aquela metáfora ou se fora pelo cumprimento do mestre ou ainda pelo insólito fato de estar tomando sorvete de pistache na sorveteria Urso Polar com Santo Agostinho. Bom, essa obra dele era imensa, e eu havia prometido a mim mesmo que a leria toda, coisa que nunca tinha conseguido fazer. Se cada capítulo desse livro viesse me dar a felicidade que tinha tido com essa discussão do sorvete de pistache, talvez não houvesse espaço para tanta felicidade. Acho que eu não acreditava na mesma coisa em que ele acreditava, mas falar sobre isso era muito bom. Repensei o começo da conversa, quando tinha ficado assombrado com a passagem do apóstolo Paulo ter sido tão importante para aquele homem. Se alguém me perguntasse hoje por que sou tão fã de sorvete de pistache, teria dificuldade para explicar.

– Apesar de ter falado sobre uma natureza divina, não sei se creio nela. É muito difícil acreditar no que não se vê.

– Veja, o senhor enxerga o amor de Marie, sua esposa? Consegue ver esse afeto? Usei esse exemplo porque, nesse pouco tempo de contato com vocês dois, percebi que esse amor é muito grande. Mas também não consegui vê-lo. Olho para o lado e vejo as árvores da praça, a pedra solta que lhe derrubou, um homem usando uma *gafirah*, mas não vejo o amor de Marie e, no entanto, o senhor o percebe, estou correto?

Eu ia falar algo, mas ele me impediu com um gesto.

– Então, do fundo do seu coração, o senhor acredita num coração que não é o seu? Se quiser chamar isso de amor ou de outro nome qualquer, fique à vontade. Eu sugeriria que começasse a chamar de fé.

– Mas é diferente, creio. Nós nos realimentamos. Trocamos experiências. Quando ela fraqueja, eu tento dar suporte. E vice-versa. Lembrei-me agora das dificuldades sofridas recentemente no deserto, por causa do excesso de sol e pelo turbilhão de sensações pelo qual passei. Senti que ela me deu um suporte enorme. Um sempre faz algo pelo outro. Não sei se nos suportaríamos durante tantos anos se não houvesse essa troca. A fé que o senhor cita parece ter barreiras difíceis de transpor.

– Por exemplo? – perguntou ele.

– O que é difícil de acreditar, que supera o que consigo entender por razão, é a fé nesse Deus Trino. Três divindades em somente uma. Parece-me um pouco mágico.

– Veja – disse ele –, o senhor acabou de dizer algo importante e eu sugeriria agora, ao contrário do que sugeri minutos atrás, que procurasse ver o pessoal antes da relação.

– Peço-lhe que me desculpe por ser tão intransigente diante de uma fé tão consistente como a sua – interrompi o velho mestre.

– Não se preocupe com isso. Só peço que discuta comigo o que vou lhe propor. O senhor falou que tinha tido uma lembrança recente, em relação ao deserto. Imagino também que consiga se lembrar das coisas que lhe aconteceram durante sua vida como estudante de Engenharia, e ainda mais longinquamente, como um menino vivendo numa cidade no interior do Brasil.

– Sim, claro que me lembro de tudo isso. Mas como o senhor sabe de tudo isso? Como sabe da minha trajetória de vida?

– Isso não vem ao caso, o que importa é que eu sei. Eu poderia inclusive imaginar que dessas lembranças é que aparecem algumas ideias que ajudam a construir hoje a sua felicidade.

– Acredito que sim – disse eu –, mas não consegui ainda entender onde o senhor quer chegar. Por que estamos falando tudo isso?

– Apenas acompanhe meu discurso. Imagine que estejamos tentando decifrar ou mesmo tentando entender a demonstração de um teorema de Cálculo.

– O senhor conhece esse assunto? Cálculo? Newton e Leibniz é que lançaram as bases desse assunto. E isso foi mais ou menos no final do século XVII. Como o senhor poderia saber isso?

– Por favor – disse ele, um pouco mais severo –, eu somente procurei encontrar um exemplo mais didático. Não deixe que a razão, luz de tantas descobertas, turve sua compreensão sobre o que pretendo mostrar-lhe. Imagine, por um momento, que eu tenha sido um improvável professor de Cálculo, por mais estranho que isso possa parecer. Ainda precisamos conversar sobre os efeitos do tempo. Mas agora sigamos com as questões relativas às suas lembranças e como elas podem, eventualmente, criar a sua felicidade ou então minorar sua tristeza. O que suas memórias conseguem trazer para esse fim?

– Eu pensei nos passeios de bicicleta que fazia. Não sei se faz algum sentido isso que digo, mas foi isso que me lembrei. Andava pelos campos, em estradas de terra, com o vento no rosto e isso era muito bom. Lembrei-me também da lasanha que minha mãe fazia. Tinha o ritual de fazer a massa, montar tudo numa forma, com queijo, presunto e um molho de tomate que ficara apurando a manhã toda no fogão. A casa toda ficava perfumada com aquele cheiro de comida caseira. O senhor sabe o que é uma lasanha?

– Não se preocupe com isso – dizia ele, agora com os olhos mais calmos –, o que importa é que sei agora que alguns pequenos prazeres podem ser buscados em sua memória.

– Outra coisa que me trazia um imenso bem-estar era conversar com meus amigos. Não sei por que, mas parece que hoje os amigos escassearam. Acabam encontrando qualquer motivo para encerrarem uma amizade. Nem mesmo um argumento tão forte como "quarenta anos de amizade" é suficiente para manter um relacionamento que parecia bom. Os amigos ficaram desatentos, distraídos, mergulhados em suas angústias particulares. Mas nem tenho muita vontade de pensar nisso, prefiro pensar num amigo de infância que discutia comigo assuntos tão importantes como o tamanho do universo, a melhor escalação para a seleção de futebol, o que iria acontecer na semana seguinte, na sequência do seriado do Batman no cinema. O senhor conhece o Batman? Aaahh, desculpe-me as perguntas cretinas. Às vezes acho que as duas realidades, essa que vivemos agora, aqui na sorveteria, e a que eu vivi na infância, nada têm a ver uma com a outra.

– Talvez uma tenha pavimentado o caminho para a outra – interrompeu Marie, depois de um longo silêncio.

Olhei longamente Marie e lamentei internamente que ela não tenha vivido comigo nos anos em que buscava essas lembranças. Ela era atualmente a razão da minha felicidade e eu percebi numa calçada de Annaba, na Argélia, que a amava antes de conhecê-la.

– Também tinha a música – sorri ao me lembrar. – O senhor não tem ideia do que seja o *rock'n'roll*, disso eu tenho certeza, e não iria acreditar como aquilo era importante para mim. Hoje aprendi a escutar Mahler, Beethoven e tantos outros gênios da música erudita, mas ainda tenho vontade de ouvir as músicas da infância e adolescência, numa tentativa de resgatar a felicidade que envolvia tudo isso. Seria curioso e inédito se o senhor pudesse ouvir John Lennon.

– A Cidade de Deus não deixa de ser uma tentativa de criar uma comunidade de pessoas livres de fronteiras, com a proposta de viver intensamente o presente, sem a preocupação exasperada da posse de bens. Creio que somente numa coisa eu discordo do pensamento de Lennon. Acho que uma comunidade assim deveria, sim, ser unida por uma religião. A própria etimologia da palavra já indica a necessidade de religar tudo.

Eu e Marie nos olhamos estarrecidos. De onde aquele filósofo conhecia John Lennon? Tinha acabado de citar a letra de "Imagine". Achei melhor não perguntar.

– O que o senhor acaba de nos contar – disse o velho senhor – é uma potência que tem a sua alma, despertada pela memória. Todas essas lembranças citadas foram devidamente compreendidas, dominadas intelectualmente pela razão, que foi capaz de associar o passeio de bicicleta ao vento no rosto, apesar de não estarmos andando de bicicleta. Pudemos ainda perceber a azáfama da casa no dia de fazer lasanha e foi perfeitamente claro aprender o inteligível. Conseguimos, assim, adquirir um conhecimento que não tínhamos e perceber o ritual de preparação de uma iguaria que iria dar prazer para todos ou, notadamente, para o senhor. Aprendemos também que os amigos se nos escapam pelos dedos, pelos descaminhos do cotidiano, e que nem sequer quarenta anos de amizade podem ajudar a mantê-la. Não foi assim? O senhor depois explicou-nos que não desejava manter o pensamento nessa fonte de tristeza e preferia lembrar-se de outro amigo, tão pródigo em descobrir as belezas do universo – e também da seleção de futebol. E o senhor já disse tudo. Só me resta agora pontuar seu discurso.

– O que o senhor quer dizer com "pontuar meu discurso"?

– O que eu quero dizer, e que é exatamente o final do teorema de Cálculo, o *quod erat demonstrandum*, é que o ato de pensar sempre aciona as três potências da alma: a memória, a inteligência e a vontade. As três coisas são diferentes, mas indissociáveis. O senhor se lembrou de várias coisas, compreendeu o que lembrava e decidiu se queria interromper um fluxo de pensamento para dar vazão a outro. Assim também pode ser vista a Trindade. Três instâncias em uma só. Ou seja, o senhor já crê. Apesar de não lhe parecer claro, já existe essa crença dentro de si.

Fiquei algum tempo pensando em que lugar deveria ir dentro de mim para encontrar as palavras certas. Sentia um labirinto de possibilidades na minha mente, um emaranhado de corredores e salas nas quais poderiam estar escondidas as palavras que precisava.

– Estou começando a pensar – disse, finalmente – que tenho dúvidas se estou dormindo ou acordado.

Ele sorriu, o que me encorajou a continuar.

– O senhor deve saber de tudo que aconteceu, desde a descoberta da caixa em Paris até este momento. O senhor parece conhecer coisas do futuro e do passado e lida com elas com uma naturalidade enorme, o que me surpreende. Agora, neste exato momento, confundo-me um pouco com suas demonstrações. Elas me parecem certeiras, corretas, mas, na verdade, eu não deveria estar aqui nesta conversa. Estou feliz por estar entendendo uma aula na qual eu não deveria estar presente. Como isso pode ser possível?

– Veja, Aristóteles já se preocupava com isso. "Estamos agora adormecidos ou despertos?", dizia ele. Nós, porém, em nossa vida, estando despertos ou adormecidos, ébrios ou ensandecidos, o que pensamos ou percebemos pode ser apenas uma ilusão.

– Estou sendo iludido, então?

– Isso não importa. Suponha que seja um sonho, para apaziguar a sua lógica. Se alguns assuntos que discutimos lhe parecerem verdadeiros e as demonstrações fizerem sentido, então o senhor continuará acreditando nelas mesmo depois de acordado. As coisas inverídicas e absurdas do seu sonho podem incomodá-lo num primeiro momento depois de desperto, mas não ficam retidas com o passar do tempo.

Sua alma deve ter tido uma atividade reduzida, por causa do sono, mas ainda é a sua alma. Esse sonho epistemológico, se quiser chamá-lo assim, pode ajudá-lo a descobrir coisas interessantes a respeito de si mesmo, de modo que sugiro que não brigue com ele, mas alimente-se dele.

A tarde já ia avançada. Passava das cinco da tarde quando terminou a demonstração do teorema e o corolário do sonho epistemológico. Preferi creditar aquele vazio que percebia em mim à convalescença e não ao raciocínio fino e preciso daquele senhor. Eu já havia conversado com Marie há algum tempo sobre o conteúdo manifesto e latente dos sonhos e, naquela pausa que tivemos, imaginei que ela fosse fazer um aparte para falar sobre isso. Esse desdobramento poderia ser interessante, mas eu me sentia incapaz de prosseguir com qualquer raciocínio.

Na verdade, não me sentia mais doente, pelo menos não tinha mais nada que me afligisse como quando estava no deserto. Queria me alimentar um pouco mais daquela conversa, mas percebi em mim o sentimento do aluno novo na presença de uma nova teoria: a paisagem vista do topo da montanha parecia muito linda, mas eu ainda teria que me preocupar com as pedras do caminho que conduziam à paisagem. Marie percebeu meu desconforto e apertou minha mão com um olhar que perguntava: "você quer ir embora?".

– Você precisa descansar um pouco – disse-me o velho homem.

Como ele poderia ter percebido nossa troca de olhares? Demorei uma vida inteira para poder conversar assim com Marie e esse sujeito, logo de cara, interrompe nossa conversa muda e intervém de uma forma assim tão perfeita.

– Mas eu queria aprender um pouco mais do que o senhor sabe – tentei ainda.

– Temos muito o que conversar, eu sei – anuiu o velho senhor.

– Acho que ele tem razão – disse Marie, olhando para mim.

– Ele tem razão em quê? – questionei, irônico. – Na questão de que preciso descansar ou no fato de que precisamos conversar mais?

– Nos dois – selou Marie a discussão.

– Sua esposa tem razão – disse o velho senhor. – Eu sei onde o senhor está hospedado e poderíamos nos encontrar amanhã cedo no seu hotel. O que o senhor acha desta proposta?

– Mas é claro que eu aceito sua gentil oferta. Estamos a poucos metros do hotel. O senhor sabe onde é?

– Não se preocupe – sorriu Agostinho –, eu conheço tudo nesta velha Hipona. Nos vemos então amanhã pela manhã.

Levantou-se, despediu-se de Marie e colocou a mão no meu ombro para despedir-se de mim. Tive uma sensação muito boa com aquele gesto. Se eu tivesse um pouco mais de fé, teria entendido aquilo como uma bênção.

Ele tomou o rumo oposto do que teríamos que ir para voltar ao hotel Le Majestic. Em poucos segundos, sumiu por entre as árvores. Eu olhei para Marie e finalmente confessei que estava morrendo de fome. Tinha me alimentado muito espiritualmente, mas realmente precisava alimentar o corpo.

– O que você, uma brilhante aluna de Filosofia, achou dessa conversa? – perguntei a Marie.

– Não sei ainda formar uma opinião – disse ela. – Estou um pouco atônita com essa conversa. Estudei um pouco da filosofia de Santo Agostinho, mas não estou preparada para conversar com o próprio. Imagine se a moda pega e a gente encontra o mal-humorado do Schopenhauer.

– Não tenho vontade, não – arrisquei a piada.

Enquanto caminhávamos para o hotel, Marie propôs:

– Por que não comemos algo e depois a gente tenta dar uma estudada na obra desse velhinho que acabou de conversar conosco?

– Não vai dar, Marie. Quer dizer, a primeira parte eu concordo. Preciso comer algo. Minha cabeça está um pouco zonza. Aquela conversa de memória, inteligência e vontade já vai me fazer pensar muito. Depois, ele escreveu mais de cem livros. Tudo isso acho que é obra daquele tuaregue azul.

– O Sedik?

– Claro, quem mais poderia ter essa ideia? Ele não se intimidou com a minha proposta e me apronta uma dessas. Como será que ele faz isso?

– Fé, mon chou, lembre-se do que acabamos de ouvir.

Eu detestava quando Marie usava uma certa racionalidade para me fazer crer.

21. Qu'est-ce que c'est la Geographie?

Imaginei que o dia seguinte àquela conversa iria ser difícil. Muitas coisas ainda precisavam ser aprendidas com aquele homem, mas não me via em condição de processar mais nenhuma informação que ele trouxesse. No limite entre ser indelicado e não o receber e o impulso para melhorar minha cognição, fiquei com o segundo. Marie sorriu com o meu eufemismo "impulso para melhorar a cognição" e disparou, sem dó:

– Mon chou, isso tem um nome mais curto. Pode chamar de curiosidade.

Ela estava certa. Eu fervia de curiosidade para saber como tudo aquilo iria terminar. Não sei se iria terminar, na verdade. Uma conversa daquele tipo não terminaria nunca, até onde eu poderia compreender. Percebi que minha vida tinha sido feita desses reiterados mergulhos no insondável. Na maior parte das vezes, saí ileso, mas em algumas situações, um ou dois arranhões tinham marcado a pele da minha alma.

Lembrei-me do tempo em que fazia Engenharia e fora contratado para uma consultoria para ajudar os colombianos a modernizar o sistema de telefonia deles. Até aí, tudo bem, eu conhecia bem esse problema. O que eu não conhecia era o idioma que eles falavam. Então aceitei um trabalho de consultoria em Bogotá sem saber falar espanhol. Depois de algumas semanas, já em terras colombianas, lendo e tentando redigir relatórios, que acabavam ficando com um monte de erros, comecei a fazer umas apresentações para a seleta audiência de engenheiros e declarei para mim mesmo que já falava fluentemente aquele idioma. Depois pensei que talvez os meus colegas colombianos estivessem sendo condescendentes com meus erros porque estavam mais interessados no conteúdo do discurso. Então fui testar minha fluência no supermercado no qual abastecíamos a despensa do apartamento que a empresa alugara para os consultores brasileiros. Assim que entrei na loja, vi uma funcionária atarefada empilhando as latas de milho e perguntei, cheio de confiança: "Donde está el leche?". Ela se virou para mim, desviando momentaneamente o olhar do serviço dela, que certamente era mais importante do que aquele turista inculto e disparou: "La leche?" Fiquei arrasado por ter errado o artigo.

Acabei adormecendo com essa história na mente, talvez porque já soubesse de antemão que o dia que viria não deveria ser assim condescendente comigo como foi a moça das latas de milho.

Acordei com o barulho do trovão e a sensação de que um raio tinha caído por perto. Chovia copiosamente lá fora e, quando chega o barulho do trovão, a luz do raio já se foi, restando apenas uma sensação na retina. Meu coração batia na garganta; tal tinha sido o susto por acordar assim. Na verdade, o raio e o trovão me resgataram de um sonho. Tínhamos falado tanto de sonhos naquele dia que um deles, certamente, viria me visitar nessa noite.

O quarto do hotel parecia cheio dos *daemones*, aqueles espíritos que a mitologia grega acreditava que existiam, responsáveis por levar nossas preces aos deuses. Fiquei esperando mais um raio para verificar se eles estavam mesmo pairando sobre nós e um medo absolutamente indescritível se apossou de mim. O medo vinha do sonho que estava tendo e se consubstanciava com os *daemones* flutuando sobre minha cabeça. Acendi a lanterninha do celular para vasculhar o quarto e não vi nada. Do sonho me lembrava vividamente: eu e Marie descíamos um rio numa canoa; era um riozinho calmo e seguro, como o ribeirão São Domingos que passava na minha cidade natal. Mais à frente, sabíamos, mesmo sem que a vista alcançasse, que esse rio desembocava num rio maior, caudaloso, com uma correnteza que desafiava nossa pouca habilidade de navegar. Marie, que só entrava no mar com água até os joelhos, estava confiante, enquanto eu estava apavorado com o destino que se nos apresentava.

Aproveitei a luz da lanterninha de caçar *daemones* e iluminei Marie, que dormia. Dormia tranquila, como se não houvesse rio caudaloso, relâmpago, trovão e nada daquilo que viria. As vastas salas do palácio da memória foram novamente invadidas e eu me vi, lá no meu passado, querendo ser engenheiro para poder planejar e construir o meu destino. Queria que ele estivesse lá, bem desenhado e concreto, e iria lutar para chegar até ele. Esse destino fluido, incerto e essa travessia insana não estavam no programa. Não me lembro quando houve a mudança no roteiro.

Passou rapidamente por uma dessas salas da memória a figura de um amigo nosso que era remador profissional, que acordava às cinco horas da manhã para treinar e ganhar índice técnico para ir às Olimpíadas. Pelo menos, eu deveria ser ele para estar naquele barco agora. Eu não tinha índice técnico para enfrentar o perigo de viver. Aquele que tomava providências desnecessárias naquele barquinho era e não era eu. Na margem do rio, me observava no barco e procurava ajudar a mim mesmo, enlouquecido, esperando as coisas ficarem mais claras, mas a iluminação já tinha acontecido quando me dei conta dela com o trovão. Marie dormia ao meu lado, embarcada em outros sonhos.

Os *daemones* é que tinham pego uma carona nos descaminhos do meu sonho. Fechei os olhos para ver se encontrava um lugar para eles e esperei que isso fosse aquela parte inverídica do sonho que Agostinho me explicara e que logo se desvaneceria. Nessa procura talvez eu dormisse mais um pouco. Sabia que não poderia falar dos *daemones* para Santo Agostinho, se realmente ele voltasse a se encontrar comigo. Ele não suportava essa magia toda. Sua vida tinha sido uma tentativa enorme para desconstruir a ideia de que a queda de Roma teria sido por causa da mudança de crença. Deixaram de acreditar nos deuses romanos, que, por sua vez, eram uma cópia dos deuses gregos, para adotar o cristianismo. Quando os povos do norte invadiram, não havia mais a proteção dos deuses e Roma sucumbiu às invasões bárbaras. Essa era a crença popular para explicar como um grande império como aquele poderia ter ruído. Para tentar desfazer essa crença, Agostinho de Hipona escreveu muito, rebateu argumentos, lutou enormemente para defender a religião que abraçara, mas acabou vendo até mesmo a queda de sua Hipona querida, esta cidade em que estou agora.

Como será que iria ser meu futuro depois disso? Tinha a sensação de estar cruzando uma linha para chegar a um destino líquido, difícil de definir. Não era mais a coisa concreta, definida, que tinha tomado forma no meu passado e que tinha me feito seguir pelos caminhos exatos da engenharia. Teria que conviver com o caudaloso rio todos os dias ou voltaria para o calmo rio no qual me acostumara a navegar?

Meu riozinho calmo era do outro lado do Mediterrâneo. Até o país em que vivíamos ficava do outro lado do Mediterrâneo na nossa particular geografia. Mas o que é a Geografia? De novo uma personagem me fita de dentro de uma das salas da memória. Era a minha professora de francês, sorridente e simpática. Marie era fluente nesse idioma, falava em casa com a família, mas eu tinha aprendido francês no colégio e depois tinha usado em algumas viagens de trabalho para a França e o Canadá francês. Quando o relacionamento com Marie começou a ficar claro, imaginei que precisaríamos falar o mesmo idioma, qualquer que fosse ele. Não poderia ter aulas de como navegar calmamente no riozinho de um relacionamento, que não costuma ser nem calmo nem riozinho, mas bem que poderia melhorar meu francês. Fui ter aulas com essa moça, que também era professora de Geografia e tinha um senso de humor peculiar, fino e inteligente. Um dia ela me contou que as provas da faculdade dela eram muito difíceis e que em uma delas tinha se deparado com a singela questão: o que é a Geografia? Eu nunca quis saber o que ela respondeu porque acho que a resposta é o infortúnio da pergunta, mas esse fato fez parte de uma lição de francês que falava sobre as situações incomuns da vida e que intitulamos "Qu'est-ce que c'est la Geographie?"

Todas essas inesperadas reminiscências me empurraram para a madrugada e o escuro ficou claro não porque algo tenha se iluminado em minha mente, mas porque lá fora o dia já nascia. Vinha uma brisa suave do Mediterrâneo. Gastara minha noite de repouso conversando com os *daemones*, os bons espíritos. Alguns deles eram remadores olímpicos, outros ensinavam geografia. Torcia para que pelo menos um deles levasse toda aquela conversa como uma prece para os deuses.

Percebi no café da manhã que Marie também estava um pouco ansiosa e passou pela minha cabeça a possibilidade de que nosso visitante não viesse. Ela me perguntou se havia dormido bem, eu disse que sim. Não iria conseguir repetir o que sentira.

Ainda chuviscava lá fora quando ele chegou. Fechou o guarda--chuva e o deixou num porta guarda-chuvas na entrada do hotel. Estávamos no confortável sofá vermelho do *lobby* do hotel e eu vi tudo. Aquele senhor teria receio de se molhar com aquela chuva leve? E sabia usar bem os utensílios desse mundo moderno. Sedik deve ter contratado alguém para conversar comigo, apostando que eu não saberia nada de Santo Agostinho nem de nenhum outro pensador argelino. Mas porque ele faria isso? E depois, aquele olhar bondoso, aquela capacidade de dividir conhecimento, como um ator poderia fazer isso? Mas, enfim, o que eu queria, o que eu esperava? Que ele chegasse voando? Minha falta de fé estava mais afiada do que nunca, mas se esvaiu rapidamente quando ele nos viu, sorriu e nos abraçou afetuosamente. Marie convidou-o a sentar-se e, enquanto ele tirava a capa de chuva e a pendurava no cabide do enorme salão onde estávamos, eu deixei escapar:

– Tive a sensação de que o senhor não voltaria mais. Não teria mais tempo parar nós.

– Como o senhor pode usar algo que não existe para justificar um erro que, evidentemente, eu jamais faria?

– O que é que não existe? – perguntei.

– O tempo, meu caro escritor. O senhor nunca se deu conta de que o tempo não existe?

– Mas tudo é medido assim, não é? – perguntou Marie. – Ontem nós o vimos, semana que vem vamos para o Brasil. Como pode não existir?

– Até mesmo o mundo foi feito em seis dias – provoquei.

– Mas aí é outro assunto – disse ele –, não era necessário a Deus nenhum intervalo de tempo para criar de uma vez só todos os seres.

– E por que foram seis dias, então?

– Porque o número seis significa a perfeição, pois ele é a soma exata de seu sexto, do seu terço e da sua metade que são, como o senhor sabe, um, dois e três, que, somados, fazem seis. Como bom matemático que o senhor é, deve conhecer os números perfeitos. Os gregos já os conheciam há muitos anos.

Arrependido da provocação, desculpei-me por não saber nada sobre esse assunto. Os gregos tinham mesmo essa mania de observar proporções. Lembrei-me da razão áurea que definia a beleza, mas nada sabia dos números perfeitos. Percebendo meu embaraço em propor um assunto sobre o qual não tinha informação suficiente, ele retomou o que começara:

– O que existe mesmo é o agora – disse ele –, o tempo que se equilibra no fio da navalha dos acontecimentos. Sobre o ontem que a senhora dizia, ele existe apenas em sua memória, e o que virá também não existe, a não ser na sua expectativa. O futuro ainda não é e o passado já não é. O que eu gostaria de propor é a ideia de evitar o tempo como algo que existe no mundo externo e passar a vê-lo como uma distensão da alma, algo que permite a ideia de coexistir passado, presente e futuro. Assim podemos medi-lo, uma vez que tem uma representação em nossa memória.

– Mas e o futuro? – quis saber Marie.

– O futuro existe na alma de cada um de nós, ou deveria ser assim concebido, uma vez que é uma esperança do vir a ser. Não é ainda, mas será.

– Mestre – arrisquei –, mas a esperança é apenas uma esperança. Não conseguimos garantir que ela venha a acontecer.

– Mas é o que mede o que há de humano em nós. Lembre-se de que a esperança tem duas lindas filhas, a indignação e a coragem. Na iminência de que o futuro não seja como você imaginou, a indignação vai nos ensinar a não aceitar isso como definitivo e a coragem vai nos ensinar a mudar tudo, se necessário for.

– Eu não sabia que falaríamos sobre o tempo – continuei. – Lembrei-me agora de que os ingleses, quando falam sobre o tempo, é porque nada têm a dizer.

– Conversa de elevador – satirizou Marie, como uma boa descendente de franceses.

– De qualquer maneira, passei a noite pensando sobre essa questão de passado e futuro. De alguma forma já sabia algo sobre essa relatividade do tempo. Precisei estudar muitas coisas sobre a cultura aimará, na Bolívia, para fazer um livro sobre uma querida família que conhecemos, cujos ancestrais precisaram fugir de uma guerra cruel. O senhor, que viu a queda de Roma, não imagina como os homens podem ser cruéis. Essa guerra, que resolvemos chamar de Segunda Guerra Mundial, foi de tal maneira violenta que algumas pessoas precisaram fugir de seus lares apenas porque eram judeus.

– Isso aconteceu com seus amigos? – perguntou-me aquele senhor.

– Sim, com a família de uma grande amiga nossa. Eles foram para a Bolívia, porque nenhum país mais aceitava os judeus, tal era o medo que tinham de uma retaliação. Na Bolívia, tomaram contato com falantes de aimará que não consideram o passado como algo que ficou para trás, mas o coloca à frente, de modo que fique visível. E o futuro, sobre o qual nada sabem, fica posicionado atrás de quem se refere a ele.

– Como isso pode estar à frente ou atrás? – indagou o mestre.

– Isso se reflete na linguagem e no gestual – continuei. – O falante de aimará aponta com o polegar para detrás dos próprios ombros para se despedir, dizendo "até um dia". E usam a palavra *nayra* para designar os olhos e que também é a expressão usada para designar o passado.

– O tempo real – continuou ele – não é o tempo medido, mas o tempo vivido.

Nesse ponto da conversa, eu senti que estava travando um diálogo com aquele homem. Tinha tanta coisa para acrescentar a esse diálogo. Seria curioso adicionar a esta conversa a ideia de que, se pudéssemos andar a uma velocidade muito grande, tudo ao nosso redor seria mais velho do que nós. E o lugar onde isso se dá pode ser chamado de futuro. Lembrei-me das aulas na faculdade e do discurso de Einstein declarando que a diferenciação entre presente, passado e futuro seria uma ilusão, ainda que persistente. Andar pelo espaço-

-tempo na companhia daquele santo homem seria uma aventura e um perigo: a possibilidade de entrever um futuro poderia destruir o conceito de livre-arbítrio, que fundamentava a crença agostiniana da existência de Deus. Mesmo se resolvêssemos tudo isso, seria apenas um exercício de caminhar entre a metafísica e a física. Tive um pouco de medo de continuar assim; medo de alguma coisa que não sabia bem definir. Medo de me esforçar tanto e tanto, como em tantas outras oportunidades da minha vida, e perceber que não tinha chegado a lugar nenhum. Percebi que não tinha mais tempo para isso.

– O tempo real é o tempo vivido, o senhor diz – depois de uma noite praticamente em claro, parecia que minha mente estava inacreditavelmente límpida e assertiva, o que me surpreendia naquela manhã chuvosa em Hipona. – Não sei se chamaria de real, mas um tempo bem vivido pode acumular coisas para a felicidade. Eu tenho a impressão de que algumas lembranças do passado representado em minha memória, para usar as suas palavras, é que fazem o papel de motor da minha felicidade. Eu imagino o tempo como algo que produz memórias que vão completando um baú e me parece que existe um período da nossa vida no qual esse baú se enche com mais facilidade.

– Talvez porque seja uma época em que o bem desejado seja desejado por si mesmo, sem nenhuma relação com outros objetos. Depois de ter contato com o que lhe faz bem, vem o medo de perder esse contato – tentou explicar Agostinho.

– Eu quero dizer que meu baú de felicidade está cheio de alguns momentos peculiares.

– Tais como? – perguntou Marie.

– Por exemplo, nos jogos de tabuleiro com minha mãe. Não era só xadrez que ela jogava comigo, mas muitos jogos que estimulavam meu raciocínio lógico. Nessas oportunidades, via a infinita paciência dela em esperar que meu raciocínio se estabelecesse e eu conseguisse fazer meu movimento; outros momentos felizes eram criados no jogo de futebol no campinho em frente à minha casa, no qual conseguir um gol era a maior conquista do dia. Tinha também uma figueira no fundo do meu quintal na qual eu enchia de caixas de sapato com lâmpadas velhas espetadas para fazer um painel da minha nave espacial.

Os momentos passados pilotando aquele foguete eram preciosíssimos para mim e o são até hoje. O senhor sabe o que é um foguete? – perguntei ao velho senhor ao meu lado.

A expressão de "isso não tem a menor importância" foi consolidada com um sorriso amistoso, e ele então me disse:

– E nessa infância cheia de sonhos e aventuras, o senhor certamente não tinha nenhum medo de perder nada daquilo. Nunca lhe passou pela cabeça que um dia não pudesse mais ter aqueles bens. A felicidade vinha da segurança de nunca os perder.

– É verdade. Tudo tinha a marca do infinito. Ou pelo menos um significado diferente. Uma figueira antiga hoje não me traria mais a alegria de viajar pelos céus como eu fantasiava naqueles tempos. Hoje não conseguiria fazer um gol num jogo de futebol e, mesmo que conseguisse, esse fato poderia me levar para o hospital de tanto que eu teria me esforçado. De maneira nenhuma salvaria meu dia. Acho que a gente perde um pouco da poesia.

– É um pouco a experiência de amar – me disse ele. – O objeto do amor é ser livre do medo.

– A única coisa que valeria a pena ter sido salva nesses exemplos todos teria sido a minha mãe – percebi um nó na garganta com essa lembrança. – Apesar da dificuldade que vivemos durante a minha infância, eu imaginava que aquela mulher fosse indestrutível. Durante algum tempo, depois de ter casado com Marie, ainda a via como dona de uma energia infinita. O senhor conhece São Paulo? Não aquele da epístola que facilitou sua conversão, mas a cidade que foi fundada com esse nome?

– Não conheço não – ele me disse.

– É uma cidade gigantesca, com vinte milhões de pessoas. Meus pais moravam lá. Foi lá que eu estudei e foi lá onde conheci Marie. Já falei um pouco desse assunto com Camus, mas não falei tudo.

– E foi lá onde eu nasci – interrompeu Marie.

– Um dia, recebo uma ligação telefônica de São Paulo, me avisando que minha mãe tinha sido levada para um hospital com um problema cardíaco. Saí de Campinas, a cidade onde vivia, e fui para São Paulo com Marie para vê-la. Na verdade, ela já havia falecido, mas ninguém teve a coragem de me dizer isso por telefone. Soube da notícia no hospital, de uma maneira seca e definitiva.

– O tempo dessa vida não é outra coisa senão a corrida para a morte – disse-me ele.

– Apesar de todos sabermos isso, eu demorei a crer. O senhor sabe minha dificuldade em acreditar. Na volta do serviço fúnebre, com a ajuda de Marie – nessa hora precisei novamente segurar na mão dela –, coloquei meus filhos sentados no mármore da pia da cozinha e contei para eles o que tinha acontecido, em meio a um turbilhão de lágrimas, que ainda não tinham sido vertidas. Marie me ajudou muito nesse processo. E foi justo na cozinha, que para nós é o lugar mais aconchegante de um lar, o lugar onde se passa a limpo o cotidiano, onde se abre um vinho para tomar enquanto o alimento que nos irá nutrir é preparado. Minha casa ideal deveria ter uma cozinha enorme, na qual coubessem todos que viessem nos visitar. Pois então, foi nesse ambiente que comuniquei a morte de minha mãe para meus dois filhos pequenos. A partir desse momento, comecei a aceitar aquela ausência. Apesar disso, os momentos em que jogávamos xadrez e outros jogos de tabuleiro estão intactos no baú das minhas memórias.

Achei melhor interromper minhas memórias. Agostinho me olhava com olhos de bênção e Marie me fitava com olhos úmidos.

– Peço que o senhor me desculpe, mas, consideradas as devidas proporções, esse encontro que tivemos foi para mim uma espécie de *Confissões*. Não são iguais às suas, evidentemente, mas senti uma enorme necessidade de fazê-las.

– Não se preocupe com desculpas ou justificativas. Eu estou aqui exatamente para ouvi-lo. O senhor está convidado a falar o que quiser, perguntar o que quiser.

– Uma vez que posso fazer isso, tenho uma pergunta que não tenho tido coragem de fazer, desde nossa conversa no Urso Polar.

– Como é que o senhor está aqui? Que mágica é essa que permite que o senhor se materialize e se apresente para nós, um singelo casal brasileiro, e justamente em Annaba, ou na sua velha Hipona?

– A questão é a seguinte... – começou Santo Agostinho a falar.

Nesse momento, irrompeu no ambiente em que estávamos outro senhor, que depois eu soube ser mais velho do que Agostinho, mas que tinha uma aparência muito mais jovial. O recém-chegado, impetuosamente, perguntou;

– Quem é o Benito?

Antes que eu pudesse me identificar e procurar saber quem ele era, Agostinho se levantou e, mostrando algum descontentamento, disse, mais alto do que o tom em que conversávamos:

– Você? O que você veio fazer aqui?

– Não vejo como isso possa ser da sua conta – respondeu um pouco agressivamente o visitante.

Todos que passavam pelo recinto se surpreenderam e pararam para ver o que estava acontecendo.

– Sua crença em mágica barata não o torna um sábio argelino, condição para vir aqui.

– Ora, isso não é você quem decide.

– Você é um adorador de demônios – disse Agostinho para aquele homem.

– Que jogo sujo é esse? – rebate o visitante. – Você está querendo fazer valer sua opinião com uma tradução tendenciosa de *daemon*? Isso não se faz. Você sabe muito bem que *daemones* são os espíritos que nos ajudam, que falam por nós. São muito parecidos conosco.

– Similares em quê?

– Ora, por que desprezar as evidências? Eles se movem como a gente; são sujeitos às paixões e são racionais, exatamente como nós. Você sabe disso.

– Pois é exatamente isso que os diferencia de nós. Como algo exatamente igual ao que nós somos pode falar com a divindade? Possuir uma alma sujeita a paixões nós também temos e não é isso que nos livra da infelicidade.

Eu, atônito, presenciava uma discussão surreal entre Santo Agostinho e aquele visitante que havia irrompido na sala. E uma discussão sobre o que eu havia sonhado naquela noite. Apertei a mão de Marie como se quisesse dizer a ela alguma coisa, mas era impossível porque a discussão continuava:

– Mas tem mais e você também sabe disso. Eles são aéreos e eternos. Flutuam no ar e vivem para sempre. Não sei por que você é contra facilitar a conexão com o sagrado.

– Ter um corpo aéreo de nada vale se a alma não possuir certas qualidades. Eu poderia começar a prestar atenção em suas bobagens se você me dissesse que eles guardam na alma, pelo menos, a virtude, a sabedoria e a felicidade. Esses seus seres são infelizes, só têm razão para a infelicidade, só tem paixões para serem infelizes e têm a eternidade para, na infelicidade, permanecerem sem fim.[1]

Dito isto, Agostinho voltou-se para mim, me deu um abraço, depois deu outro em Marie e disse que não poderia mais ficar naquele lugar. Pediu, em seguida, ao meu ouvido, que não desse muita atenção para o visitante, que continuava ali e não dava mostras de querer ir embora. Fiquei sem saber o que falar e minha mente, que tinha se mostrado tão límpida minutos atrás, estava agora tomada por aquela confusão que me impedia de pensar. Quando pude articular um gesto, Agostinho já saía pela porta do Hotel Majestic. Felizmente, não chovia mais e ele não iria se molhar.

Virei-me para o homem que continuava em pé ao meu lado, que sorriu, estendeu a mão para mim e disse:

– Muito prazer, meu nome é Lucius Apuleio.

---

1 Diálogo adaptado do capítulo XVI do livro 8 de *Cidade de Deus*, de Santo Agostinho.

22. Mare Nostrum

– O que acabou de acontecer aqui? – interroguei Apuleio.

– Nada importante – disse-me ele –, apenas uma discussão sem necessidade com quem veio depois de mim e adora discutir minhas ideias. Por causa desse maldito tempo que ele diz que não existe, nunca tinha tido a oportunidade de conversar com ele.

Eu me senti anfitrião daqueles dois sábios que não se entendiam e queria que os dois ficassem bem servidos na minha casa. Mas aquela não era a minha casa, era apenas um hotel argelino. Pedi ajuda a Marie com o olhar e ela fez o que eu já deveria ter feito: convidou Apuleio para sentar-se conosco.

A conversa com Apuleio foi mágica. No momento em que o garçom trocou nossa garrafa de água, ele começou uma história.

Ele nos contou que no nascente cristianismo em que vivia, apesar de quase duzentos anos depois da vinda de Jesus, ainda se discutia muito a nova religião, principalmente quando era confrontada com Aristóteles, que, entre outras coisas, falava sobre o Ser Supremo e o definia como a inteligência que costurava todas as coisas no Universo, aquilo que fazia com que as coisas fossem o que eram. E essa concepção era muito similar ainda ao conceito mitológico que se tinha de Zeus, ou seja, os deuses do Olimpo ainda disputavam espaço com o Deus do cristianismo. Dizia ele que, numa discussão destas em Oea, todos estavam bebendo água e ninguém percebeu quando o anfitrião trocou a bebida e ordenou que se começasse a servir vinho para os comensais. No calor da discussão, esvaziou seu copo com um só gole e, ao perceber que era vinho, interrompeu a todos para anunciar o que teria sido o primeiro *lobby* do mundo. Dizia ele que novamente a água tinha se transformado em vinho e que seria mais prudente começar a crer no Deus cristão. Era exatamente essa irreverência que incomodava Santo Agostinho.

Eu, embalado pela história, contei a ele sobre um almoço que fizera com toda a minha família num restaurante na avenida São João, em São Paulo, especializado em feijoada. Só para explicar o que era uma feijoada, gastamos um bom tempo. Ele também gostou da profusão de nomes dos santos nos países do Novo Mundo. Contamos para ele que aquele prato era servido com vários suportes gastronômicos: uma laranja descascada, um pouco de farinha, um molho de pimenta, um pouco de couve refogada e um copinho de pinga. Marie, que tinha conseguido um bom *know-how* para explicar o que era pinga para os argelinos que passavam pela nossa história, se livrou fácil dessa incumbência. No almoço com feijoada éramos umas quinze pessoas mais ou menos e ninguém se preocupou muito com o garoto de seis anos que era justamente eu. Tudo fora servido e, no alvoroço do encontro, todos ainda procuravam seus lugares à mesa quando o garoto de seis anos, com muita sede, virou de uma só vez o copinho de pinga, achando que era água. Lembro-me assim, disse a ele, do meu primeiro contato com a cultura brasileira. Ele se divertiu com a minha história. Pensei em falar um pouco mais sobre cultura brasileira, mas acabei desistindo quando percebi que, indo por esse caminho, teria que explicar o que era a mineirice, por exemplo, e achei que era mais fácil agora falar sobre Cartago.

Marie, magicamente, percebeu isso e perguntou sobre Cartago e as Guerras Púnicas, que haviam destruído a cidade antes de Cristo, e estranhou como Apuleio falava tanto daquele lugar. Na época dele, pelas nossas contas, Cartago já teria sido destruída.

– Tudo foi incendiado e a terra foi salgada, para que nada mais crescesse ali. Não foi assim? – perguntou Marie.

– É isso mesmo – disse Apuleio –, mas não funcionou. Júlio César refundou a cidade. Acho que foi no primeiro século depois de Cristo, não tenho muita certeza. Não sou muito bom com datas. Cartago floresceu novamente e acabou sendo a quarta maior cidade do império romano. Chegou a ter quase meio milhão de habitantes.

Apuleio se vestia como um local. Uma túnica longa, de cor clara, que deixava entrever um par de calças compridas por debaixo dela.

Às vezes eu olhava o ambiente procurando objetos mais modernos, por exemplo, um relógio de parede, algum hóspede consultando seu celular, o extintor de incêndio no canto da sala. Queria me certificar que estávamos ainda no século XXI.

– Meu pai era cônsul romano – continuou ele – e me deixou uma boa quantia em dinheiro, o que facilitou que eu viajasse muito. Eu nasci nessa região, vocês sabiam?

– Sim – disse Marie –, perguntamos sobre Souk Ahras para um funcionário do hotel.

– Pois então, eu nasci em Madaura, uma província de Souk Ahras. Na época, Madaura ficava entre a Numídia e a Getúlia. Estive em Cartago, em Roma, em Atenas e em Oea, que hoje chamam de Trípoli. E também em Léptis Magna e Sábrata. As três cidades, hoje todas na Líbia, eram chamadas de Tripolitânia.

– E o que o levava a deslocar-se tanto? – quis saber Marie.

– Fazia conferências. Era um homem de letras. E, felizmente, ligado às leis, o que facilitou com que eu advogasse em causa própria para me defender de uma acusação sem sentido.

– O que houve? – perguntou Marie, bastante feliz com aquela conversa.

– Em Oea resolvi me casar com Emilia, que já era viúva. Os parentes de seu falecido marido me processaram, acusando-me de tê-la enfeitiçado. Precisei me defender e essa experiência de vida me ajudou muito. Notem então que ser acusado de coisas que não fiz foi algo comum para mim – fazendo uma clara alusão à discussão recente com Santo Agostinho.

Continuou ele falando do julgamento, que se deu em Sábrata, perante o proconsul Cláudio Máximo. Depois de terminado o julgamento e de ele se ver livre daquela acusação, foi morar com a esposa em Cartago.

– E lá em Cartago o senhor continuou como conferencista? – Quis saber.

– Fui sacerdote do deus Esculápio – explicou ele.

Percebendo nossa incredulidade, ele explicou:

– Esculápio era o deus da Medicina. Para mim, ainda é a imagem da cura. Vocês, que gostam de estudar mitologia grega, sabem que Esculápio era filho de Apolo e Côronis?

– Na verdade, eu não sei – disse Marie.

– Nem eu – completei. – Estou descobrindo coisas incríveis nesta viagem.

– Pois então – retomou Apuleio –, Diana, irmã de Apolo, num acesso de ciúmes, matou Côronis, que estava grávida. Na pira funerária, Apolo arrancou-lhe Esculápio do ventre e entregou o menino para que Quíron o criasse.

– Quíron, o centauro? – Quis mostrar que alguma coisa eu me lembrava dos mitos.

– Isso mesmo. O centauro hábil com as artes médicas ensinou a Esculápio tudo que sabia sobre esse assunto e o aluno acabou superando o mestre, chegando mesmo a conseguir ressuscitar os mortos, causando preocupação a Hades, que via diminuírem as almas que chegavam ao seu reino. Um dia, num templo, quando visitava pacientes, uma serpente se enroscou no cajado de Esculápio e não quis mais sair. Insistiram em remover o réptil, que sempre voltava a se enroscar no cajado. Desde culturas antigas, a serpente significava cura porque se despedia da pele envelhecida e rejuvenescia. Assim então foi criado o bastão de Esculápio.

– Assim, o senhor era um homem de letras, advogado e também versado nas ciências médicas? – perguntei. – Eu sempre me senti deslocado tendo uma formação em Engenharia e depois tentar escrever.

Apuleio sorriu e emendou:

– Nós conseguimos fazer tudo o que cabe em nossa alma.

– Mas aí já estávamos na era cristã. No que se acreditava em Cartago nesse tempo? – quis saber Marie. – Ainda existia mesmo uma crença nos deuses da Mitologia Grega, como o senhor citou com o exemplo da água que teria virado vinho?

– Mais do que isso, mais do que isso – enfatizou Apuleio. – A deusa padroeira de Cartago era Tanit, consorte de Ba'al Hammon, deus dos céus e das tempestades. Era associado ao titã Cronos dos gregos.

Nessa hora, Marie abriu sua bolsa e de lá retirou o presente do tio Leonardo, o pingente de Tanit, entregue por Sedik. Mostrou a Apuleio, que exultou:

– Vocês a conhecem? Como isso aconteceu?

Marie resumiu para ele toda a história da chegada a Argélia, do encontro com Sedik e a origem daquele pingente. Apuleio sorria de felicidade conforme ela ia contando a história.

– Eu já sabia que a senhora iria ganhar um presente – confessou ele –, mas não sabia que era assim tão lindo. E ele veio num estojo, não é verdade?

– Logo falaremos disso – continuou ele. – Antes, porém, gostaria de falar um pouco sobre Tanit. O culto dessa deusa é mais abrangente do que se imagina – disse ele. – A mão de Fátima, ícone muçulmano, está associado a ela. Lembrem que Fátima era a filha de Maomé. Os gregos associam Tanit a Hera, esposa de Zeus, e os romanos a entendem como Juno. Tanit também já foi associada à guerra e à deusa Astarte do panteão fenício. É uma Grande Mãe. Para proteger a alma das crianças que morriam nas agruras da guerra, as mães ofereciam seus corpos a Tanit. Os detratores da deusa associaram ao seu culto o sacrifício de crianças, o que não faz o menor sentido, sendo ela uma Grande Mãe. Esse presente que a senhora recebeu é mais importante do que vocês imaginam.

Marie olhou novamente seu colar com o símbolo dourado de Tanit e guardou-o novamente na sua bolsa.

– Creio que vocês estão envolvidos nesse culto mais do que imaginam – disse Apuleio.

– Como assim? – perguntei.

– Vocês já ouviram falar dos números perfeitos?

– Falamos nisso hoje pela manhã – disse. – Santo Agostinho nos explicou que o número seis é um número perfeito porque o mundo foi feito em seis dias.

– Ou ao contrário – disse Marie, – perfeito porque o fato de Deus ter feito o mundo em seis dias tornou esse número perfeito.

– No fim – completei – entendi que é um número cuja soma de seus divisores resulta no próprio número.

– Isso mesmo. Aquele velho senhor acreditava em coisas místicas e depois vem me acusar do mesmo pecado – riu Apuleio. – Mas isso não importa. O que importa é que outro número perfeito acompanhou a viagem de vocês desde Paris.

Eu já devia ter me acostumado com aquilo, todos sabiam da minha vida, mas isso ainda me incomodava muito. Lembrei-me da minha vida no interior de São Paulo, lugar onde isso era uma constante. Uma das coisas boas de ter saído de lá era ter me livrado dessa exposição. Nesta viagem, acabei encontrando este velho fantasma: todo mundo sabia tudo sobre nós. Onde quer que seja que eles se reunissem, num paraíso específico, num boteco, na coxia de um teatro, num oásis, aqueles personagens, filósofos, santos, sacerdotes, escritores, ou atores argelinos, *pieds-noirs* ou mesmo franceses, deviam o tempo todo falar sobre Marie e eu. A conversa com Apuleio ainda não tinha terminado e eu achava que minha alma estava desnuda.

– O que o senhor quer dizer com isso? – disse Marie, com uma inflexão na voz que demonstrava alguma inquietação.

– Em Paris, a chave do armário que vocês receberam tinha o número 496, lembram disso?

– Sim – disse ela, já num tom mais brando –, e a sala de Haris também tem esse número.

– E o nosso quarto aqui no hotel – emendei. – O que tem esse número de tão importante?

– É um número perfeito – disse Apuleio.

Tentando tirar o ponto de interrogação do nosso semblante, ele continuou:

– Se vocês somarem todos os divisores de 496 vão verificar que essa soma resulta exatamente no número 496[1]. E tem mais, 496 é um número triangular. Todos os números perfeitos são triangulares.

– E o que é um número triangular? – perguntou Marie.

– Imagine um ponto numa linha, na linha de baixo, dois pontos, depois três pontos e assim por diante. Se forem usadas 31 linhas, a

1 Note que 1+2+4+8+16+31+62+124+248 = 496

soma de todos esses pontos será 496. E o triângulo terá cada um de seus três lados com 31 pontos.

– Interessante – disse Marie, retomando o tom inquieto –, mas para que serve tudo isso?

– Bom – explicou o místico Apuleio –, desde a Antiguidade procura-se achar um padrão para modelar o mundo, e os números perfeitos são mais uma tentativa. Os gregos antigos conheciam quatro deles: 6, 28, 496 e 8128 e passaram um bom tempo tentando descobrir padrões na natureza a partir desses números, por isso procuravam associá-los a formas geométricas. Na maior parte das vezes, ficou apenas como um símbolo dessa procura e uma homenagem aos deuses. O culto de Tanit apreciava muito isso. Agora é que vem a história do estojo do colar de Tanit. O presente que a senhora recebeu veio dentro de uma pirâmide, lembra disso?

Após a anuência de Marie, Apuleio continuou:

– Era uma pirâmide de base retangular, com uma altura bem maior que a base, não é mesmo? Pois então, as medidas da base eram seis e oito centímetros e a altura deve ter trinta e um centímetros, o que dá a essa pirâmide um volume de 496 centímetros cúbicos. Coube-me explicar isso para mostrar como seu tio Leonardo os estava acolhendo. Com os símbolos do que ele acreditava.

Novamente trocamos olhares eloquentes, eu e Marie. Parecia ser algo importante aquela simbologia toda, embora não nos parecesse muito significativo. Coube a Marie agradecer pelo significado de tudo. Ela disse que o cuidado com os detalhes havia sido maravilhoso e que cada coisa que descobríamos nos causava uma surpresa. Não deixava de ser verdade. Enquanto ela conversava ainda sobre a necessidade de modelar o mundo, pedi licença aos dois. Estava segurando há algum tempo a vontade de fazer xixi.

No caminho do banheiro, fiquei me perguntando o porquê de tudo aquilo. Nem sou tão religioso assim para ter uma conversa com Santo Agostinho nem tão místico para falar com Apuleio. No entanto, tinha gostado muito do que se passou, e estava ainda acontecendo. Meus limites humanos é que não me permitiram ficar lá o tempo todo. Minha curiosidade maior ainda era *O Asno de Ouro*, o livro de Apuleio. Mais especificamente, a história de Eros e Psiquê.

Quando voltei ao *lobby* do hotel, Marie ainda conversava animadamente com aquele senhor, dono de uma simpatia contagiante. Marie me contou que perdera algumas boas fofocas sobre Cartago.

– Mestre – iniciei o assunto que me consumia –, o senhor poderia nos contar um pouco sobre a história de Eros e Psiquê? De onde veio aquele mito num livro que fala sobre ladrões e malfeitores?

– Ahhh, *O Asno de Ouro* – suspirou Apuleio –, esse livro e seu herói, Lúcio, que tantas vezes foi confundido comigo mesmo.

– E isso é verdade?

– Sempre é, de alguma forma – continuou ele – o autor se mistura em alguma medida aos seus personagens. Eu era ele e ele era eu.

– E como nasceu na sua alma essa história da viagem de Lúcio à Tessália?

– Isso eu não sei – disse ele. – A Tessália sempre foi famosa pelo seu misticismo e eu quis ambientar lá minha narrativa. E o impulso de narrar é que sempre foi forte em mim. E isso está, de alguma forma, na história de Eros e Psiquê. Lembrem-se que essa história foi contada à donzela sequestrada pelos ladrões que queriam dinheiro pelo seu resgate. A mãe dos ladrões é que narra esse mito para que a donzela se distraia e pare de chorar, reclamando de sua desdita. Ou seja, ela troca um destino que se mostra difícil por uma fantasia, uma narrativa. De alguma forma, eu era a princesa aprisionada e que precisava reinventar a história da minha vida, precisava do espelho de uma outra alma. Lembre-se também que Psiquê é a própria definição de alma para os gregos.

– Não sei se o senhor conhece Fernando Pessoa – interrompeu Marie –, mas ele fez um poema com esse nome e, no fim do poema, ele mesmo se identifica com a princesa, exatamente como faz o senhor agora.

Fiquei imaginando se era eu mesmo na pele daqueles personagens no restaurante em Paris. Não é possível. Eles pareciam ser tão reais. Por um momento, eu, que sempre andei buscando alguma coisa e nunca soube por quais caminhos buscar, parecia compreender o processo divino que faz existir a estrada.

– O senhor acha que existe neste mito uma busca de conhecimento? Um rito de passagem? – perguntou Marie.

– Totalmente. E isso é intencional e explícito, com a descrição dos quatro trabalhos que Psiquê é instada a realizar e, principalmente, pela sua incursão aos infernos e a possibilidade de poder voltar para encontrar seu destino. Nós nos procuramos sempre e Eros e Psiquê eram uma coisa só, que trocavam os papéis que representavam e precisavam desesperadamente encontrar um ao outro, poder olhar no rosto um do outro.

– Parece mesmo não ser simples essa procura – deixei escapar.

Apuleio me olhou durante alguns longos segundos, depois, avaliando o que iria dizer, voltou-se para Marie e disse:

– Vou contar a vocês a história de uma procura.

– Uma procura? – estranhou Marie.

– Sim, imagine que exista um espaço seu, um mar no qual flutuam algumas lembranças e outras que, talvez, fiquem submersas. Um Mare Nostrum. Um Mediterrâneo.

– Acho que dá mesmo para identificar esse mar em cada um de nós – concordou Marie.

– Pois então – continua Apuleio – criou-se o desejo, a necessidade de proteger tudo isso. Isso era tão forte no desejo de cada povo que era preciso uma Magna Mater para proteger todo o Mediterrâneo. Era tão necessária essa figura que todas as culturas ao redor do Mediterrâneo foram se apossando dela.

– Como assim? – Estava ávido pelos detalhes.

– Ela é identificada com Cibele na Frígia e depois incorporada em Reia, a deusa grega que impediu que seu marido Cronos comesse Zeus, o filho deles. Durante as Guerras Púnicas, os romanos se assustaram com uma chuva de pedras em Roma na mesma época que o general cartaginês Aníbal Barca atravessou os Alpes com um exército de elefantes para patrocinar uma invasão em solo do império romano. E aí começou a viagem de Cibele para Roma.

Apuleio tomou um gole de água e continuou:

– O medo que tiveram de ver o império romano ruir fez com que alguns magistrados procurassem a resposta nos Livros Sibilinos. Vocês se lembram o que eram esses livros?

– Não – disse categoricamente Marie, hipnotizada pela história.

– Pois então, eram livros que continham profecias e foram ofertados para os legisladores pelas sibilas.

– Eram as profecias feitas pelas mulheres, certo? As sacerdotisas dos diversos oráculos?

– Isso mesmo – anuiu Apuleio.

– Uma das sibilas ofereceu os livros ao rei Tarquínio Prisco lá pelos anos 600 a.C.

– E ele não quis comprar? Ou comprou? – perguntava Marie, ansiosa.

– Não, ele achou caro e não comprou. Eram três volumes e, a cada recusa, a sibila queimava um deles e não mudava o preço. Depois de duas recusas e só com um volume ainda intacto, o rei comprou pelo preço dos três volumes.

– Parece que a cabeça-dura do rei não conseguiu fazer um bom negócio – comentei.

– Mas foi isso que permitiu, quatrocentos anos depois, que o Senado romano, durante a invasão dos elefantes, fosse buscar nesses livros a solução de seu problema.

– E qual foi a solução? – perguntei eu, agora ansioso também para saber que fim teve aquela história.

– O livro das sibilas dizia que, se algum inimigo estrangeiro invadisse aquelas terras, ele só poderia ser derrotado se a divindade Cibele, a Magna Mater, fosse trazida do Monte Ida, na Frígia, para Roma. E isso aconteceu. A pedra que simbolizava a deusa, que teria caído do céu, foi trazida num navio, especialmente construído para tal fim. Ela chegou em Roma pelo Tibre e com grande acolhida popular foi depositada no Tempo da Vitória, no Monte Palatino.

– E os elefantes? – quis saber Marie.

– Nesse meio-tempo, os romanos invadiram Cartago e o senadores cartagineses enviaram ordens expressas para Aníbal para que ele desistisse da invasão na península italiana.

– E aí, todo mundo achou que quem fez com que Aníbal desistisse foi Cibele, a Magna Mater? – ironizei eu o efeito divino.

Apuleio olhou para mim, um pouco indignado com o meu comentário, e disse:

– Já haviam me contado algo que já estava se tornando uma espécie de lenda. Disseram-me que o senhor é o mais cético dos homens e teria muitas dificuldades para acreditar, mas eu acho que o caso real é mais grave do que a lenda.

– Acho que vou precisar comer as pétalas de rosa que fizeram com que o Asno de Ouro se transformasse em Lúcio novamente.

Todos riram, mas ninguém comentou nada, o que me deu uma sensação de que seria aquilo mesmo que eles pensavam.

Estava com o coração repleto de felicidade por ter conversado com uma pessoa tão amistosa e tão boa. Olhei para Marie, cujo olhar transbordava ternura.

Apuleio se levantou e, ainda com um sorriso nos lábios, começou um ritual de despedida:

– Caros amigos, acredito que eu os tenha alegrado com o falar. Já é hora de ir-me, porém. Que a Magna Mater, seja ela qual for, em qualquer parte do Mare Nostrum, seja generosa com vocês.

Marie abraçou-lhe como quem abraça um amigo. Na minha vez, ele me disse, com a mão no meu ombro:

– Querido amigo, as figuras de Eros e Psiquê que habitam seu coração precisam se encontrar. Dê uma chance a eles. Isso não deve ser difícil, uma vez que você tem um *daemon* interno muito rico e cheio de paz. Graças a ele você ainda pode ter uma boa surpresa nesta viagem. Acredite em si. Já fui professor de retórica em Roma, mas isso que lhe digo não é retórica, não. É algo que você precisa incorporar. Acredite.

Quando ele saiu pela porta do Le Majestic, eu custei a conter as lágrimas. Marie me abraçou e fomos para nosso quarto, o 496. Precisávamos fazer alguma coisa, mudar as passagens da Air Algérie, fazer as malas, colocar os pensamentos em ordem. Muita coisa precisava ser feita, mas não sabia por onde começar.

Marie, pragmática, resolveu o dilema:

– Que tal uma ducha e depois um jantar? Essas conversas são ótimas, mas a gente se esquece de comer. Estou morrendo de fome.

Só aí é que olhei pela janela e percebi que anoitecera.

23. Tout va bien

No caminho para o restaurante, passamos pelo mesmo cenário em que conversamos com Santo Agostinho e com Apuleio. Parecia um *lobby* normal de um hotel pequeno, mas aquelas plantas, o cabide com algumas capas de chuva e aquele sofá vermelho nunca mais deixaram de frequentar a minha memória.

Fomos conduzidos a uma mesa por Abdul, nosso amigo garçom, que queria que fôssemos para Souk Ahras. Ele parecia feliz em nos atender. Tentei conversar com Marie sobre tudo o que havia acontecido naquele dia. Já havíamos tentado fazer isso no quarto, mas a cada pergunta que ela me fazia eu mergulhava nas lembranças do dia e esquecia de responder.

Os jantares de despedida de um país sempre são importantes para nós e aquele foi especialmente significativo principalmente porque nos ajudou a compreender um pouco mais a culinária argelina. Pedi um cuscuz com *jwaz*, uma espécie de cozido de vegetais. Abdul, o jovem garçom, me alertou que o *jwaz* era temperado com *ras el hanout*. Eu disse para ele que tudo bem, apesar de não ter a menor ideia do que seria aquilo. Descobri depois que era um tempero típico do Magreb e é muito bom. Cada fornecedor se orgulhava da sua receita e algumas delas podiam conter mais de cem ingredientes. Nunca mais voltei para a Argélia, mas continuei a degustar a comida argelina mesmo do outro lado do Mediterrâneo.

Também acho que nunca mais voltei porque a experiência vivida lá foi muito impactante. Tentei ler mais coisas sobre Camus, Santo Agostinho e Apuleio e descobri que eles têm muito mais a dizer do que o que compartilharam comigo, mas aquela conversa parece que foi exclusiva para mim, o que até hoje me surpreende.

Marie estava falante e feliz, não sei se pelo vinho que Abdul sugerira ou por tudo que tínhamos vivido. O garçom, falando um texto com cara de decorado, disse que pratos com *ras el hanout* combinavam com o Shiraz que ele tinha na adega. Achei que os muçulmanos não bebiam álcool, mas talvez essa recomendação não valesse para turistas. O fato é que a sugestão foi perfeita, ou pela qualidade do vinho ou pela maneira simpática com a qual tinha sido oferecido. Ou ambos. O jovem aprendiz de *sommelier* também me pareceu feliz. Tinha um sorriso que não disfarçava isso. Não sei se por alguém ter concordado com sua sugestão ou pelo preço do vinho, um pouco caro para o que podíamos pagar. Mas jantares de despedida são assim mesmo, com um pouco de exagero em tudo, na conta e na felicidade.

– Mas que coisa mais sem pé nem cabeça esse dia de hoje – sorria Marie ao dizer isso.

– Concordo plenamente. Tudo foi meio sem pé nem cabeça, mas a que exatamente você se refere?

– Começamos o dia discutindo se o tempo existe ou não, depois tivemos uma aula de matemática e depois tudo acabou com as bênçãos da Magna Mater. Apesar dessa confusão toda, adorei esse dia – completou ela.

– E agora essa figura que está servindo a nossa mesa. Ele é muito engraçado. – disse – Acho que está se divertindo muito mais do que nós.

– Bom. Saindo daqui vamos fazer as malas? – propôs Marie.

– Nem pensar – disse –, esse vinho está me deixando um pouco fora de prumo. Lembra que eu não dormi direito a noite passada? Não sabia o que iria ocorrer hoje e estava um pouco apreensivo. E também não tem muito o que fazer. O grosso da bagagem ficou em Paris. Trouxemos roupa para alguns dias somente, lembra?

Enquanto discutíamos o cotidiano e a preparação para a volta, nenhum de nós percebeu a presença de Rafik no *lobby* do hotel, com cara de quem estava procurando alguém. Eu só vi que era ele quando entrou no restaurante, cumprimentou Abdul e veio até a nossa mesa. Olhou um pouco encabulado para nós e falou o que o trazia ao Le Majestic:

– Boa noite. Queria que vocês me desculpassem interromper assim o seu jantar, mas tenho um recado do meu mestre Sedik.

Eu gostava do Sedik, o homem azul, mas fiquei com a sensação de que algum problema estava para ser comunicado. Marie também deveria estar pensando nisso porque o sorriso havia se extinguido no semblante dela.

– O que foi? – perguntei, apreensivo.

– Ele pediu para avisá-los que quer levá-los para a França amanhã. Pediu que viesse buscá-los amanhã às nove da manhã. Nesse horário eu passo na porta do hotel e aí já iremos para o aeroporto.

– Mas nós nem fomos ainda na Air Algérie para trocar os bilhetes aéreos.

– Acho que ele pode providenciar isso – disse Rafik.

– Mas ele disse que quer nos levar para a França? É isso?

– Sim.

– Então ele vai com a gente?

– Isso mesmo.

– Que coisa estranha – disse eu. – Ele pediu para avisar mais alguma coisa?

– Não, senhor. Era só isso mesmo... Ahhh, só mais uma coisa.

– Diga.

– Ele pediu para avisar que está tudo bem. Tout va bien.

Foi uma espécie de balde d'água fria na nossa alegria. A Argélia estava ficando infinita.

Embalamos nossa parca bagagem em poucos minutos e não conseguíamos atinar com a razão daquela proposta do tuaregue. Se ele quisesse fazer algo ruim para nós, não teria avisado, e ele teve o imenso deserto para fazer o que quisesse sem ninguém por perto. Por que aquilo agora? Eu poderia dizer não e voltar com a Air Algérie, como estava planejado, mas agora a curiosidade era minha em saber o que iria acontecer. Aquele jeito de Rafik dizer "tout va bien" não saía da minha cabeça.

A noite foi novamente péssima. O álcool do vinho me fez dormir até às duas da manhã, quando acordei e esperei o dia amanhecer. A diferença dessa noite em claro foi a companhia de Marie, que estava acordada desde a uma da manhã. A TV reprisava um programa de humor em árabe. Dois sujeitos conversavam sentados à mesa e um deles comia uma fruta e falava com a boca cheia. Não achei a menor graça.

Assim o dia amanheceu. Tentei me livrar do sono com muito café no desjejum. Não consegui pagar a conta do hotel, pois estava tudo pago, e às nove da manhã estávamos, eu e Marie, tresnoitados, à espera de Rafik.

24. Sete graus e meio de longitude

Rafik atrasou dois minutos. Desceu prestativo do carro, recolheu nossa bagagem e nos levou ao aeroporto. A sensação de estarmos olhando a cidade pela última vez foi estranha. Fizemos uma viagem de turismo cheia de surpresas. Um turismo diferente, com uma pitada de filosofia, de aventura. Mal sabia eu que a maior de todas as surpresas ainda estava por vir.

Quando chegamos ao pequeno aeroporto de Annaba, Sedik já estava lá nos esperando. A última vez que o vimos, ele usava uma vestimenta tuaregue típica, azul, e o respectivo *tagelmust*. Agora estava usando um terno superelegante, mas continuava um pouco azulado. Ou então era efeito da gravata, que também era azul. A ausência do *tagelmust* me tranquilizou, primeiro por vê-lo se aproximando da minha cultura ocidental. Eu já tentara demais me aproximar da dele. Depois, aprendera que essa vestimenta, além de muitas utilidades, também protegia quem a usava dos maus espíritos. O voo que iríamos fazer certamente estaria livre de maus espíritos.

Ele recebeu-nos com um sorriso, ou o que se pode entender como sendo um sorriso nos lábios daquele homem misterioso. Antes que eu pudesse falar qualquer coisa sobre as passagens da Air Algérie, ele nos comunicou que iríamos para Nice no avião da empresa dele, ou melhor, da empresa dele e do tio Leonardo. O voo deveria demorar mais ou menos uma hora e meia, o tempo suficiente para que ele nos explicasse a razão de estar indo conosco para a França.

O jatinho já nos aguardava na pista e Rafik embarcou conosco. Éramos cinco, portanto, naquele voo: Marie, eu, o tuaregue Sedik, o motorista Rafik e o piloto. Mal o jato alçou voo, Sedik nos disse:

– Eu não lhes contei tudo quando conversamos no escritório de Haris. Seu tio Leonardo imaginava encontrar alguém num deserto sem esquinas – lembram dessa expressão? Era exatamente como ele se referia à impossibilidade de encontrar quem pudesse pensar como ele. Alguém que tivesse a mínima ligação familiar com ele. No caso de encontrarmos essa pessoa, a proposta dele era se certificar que esse familiar não estivesse apenas interessado em uma herança. Não foi possível fazer isso em vida, mas tudo estava muito claro para ele e eu é que fiquei como executor desse desejo.

– Ainda não sei se entendi. Eu fui testado em relação à ganância, é isso? Não é muito elogioso isso, mas parece que eu fui aprovado. E como foi esse teste?

– É, infelizmente não era algo que pudéssemos discutir abertamente, mas esse aspecto era importante para Leonardo. O teste não era explícito: ele me pediu que imaginasse algo que comprovasse o que ele desejava. Quem forneceu o modo de identificar esse aspecto da sua personalidade foi o senhor mesmo, com o seu livro sobre a oferta de Afrodite.

– Ora, e o que eu escrevi não era suficiente para essa tal identificação de personalidade sobre a qual o senhor tanto fala?

– O senhor tem razão e nesse ponto o erro de avaliação foi meu. Já deveria ter percebido isso logo que o conheci. Peço formalmente que me desculpe.

– OK, desculpas aceitas, mas onde é que isso nos leva?

– Estávamos dispostos a conceder-lhe uma herança, como era desejo de Leonardo – continuou o homem azul –, se o senhor tivesse escolhido isso naquela reunião no escritório de Haris, mas o senhor escolheu a sabedoria. Mais do que isso, nos desafiou a fornecer-lhe uma dose de sabedoria com raízes argelinas, o que teria deliciado seu tio.

– E como foi feito tudo aquilo? Camus no deserto, Santo Agostinho na sorveteria e um almoço com Apuleio. Como vocês fizeram isso?

– Isso é algo para que o senhor gaste um bom tempo com reflexões. Tudo pode ter sido real como pode ter sido falso. A decisão e o impacto da decisão vão correr por sua conta. O que nos interessa é que a sua resposta foi maravilhosa. Sua esposa – e olhou para Marie – foi fundamental nessa construção, e dá até um pouco de pena vê-los saindo da Argélia. Iria nos fazer muito bem ter gente como vocês por perto.

Olhei para Marie com cara de quem não estava entendendo nada e ela me devolveu o mesmo olhar.

– A segunda parte da oferta vem agora. É algo que Leonardo havia previsto, mas que ele mesmo se surpreenderia em ver como aconteceu.

– Continuo sem entender – disse.

– Encontramos alguém muito parecido com ele, no modo de encarar a vida, no bom humor, em tudo. Só que dividido em dois. No caso de vocês, um completa o outro à perfeição.

Olhei orgulhoso para Marie, que sorriu timidamente.

– Vou continuar a conversa logo que aterrissarmos. Veja, já estamos perdendo altura. Enquanto conversávamos, atravessamos o Mediterrâneo. Eu tenho um problema grave de ouvido durante os voos. Talvez o voo de volta para a Argélia seja meu último voo. Isso está ficando cada vez pior.

Dizendo isso ele colocou as mãos nos ouvidos para fazer algo que pudesse aliviar a diferença de pressão. A aterrissagem foi perfeita e o problema de Sedik deveria ser grave mesmo. Um avião pequeno como aquele não voava tão alto e a diferença de pressão não era assim tão significativa. Achei que não nos seguiria no voo até o Brasil.

Em terra, ele se apoiou por alguns instantes em Rafik, até chegarmos à alfândega francesa. Os funcionários da alfândega cumprimentaram Sedik com grande simpatia. Ou a alfândega em Nice era mais amistosa ou Sedik era muito amigo deles. Eu me lembrei do oficial da alfândega em Paris quando se deu conta que eu não estava com o relógio para o qual pedia a devolução do imposto. Tinha despachado o relógio na mala e fui pedir a isenção do imposto. O policial francês era um sujeito loiro, alto e fardado e me passou uma descompostura desproporcional ao erro que eu cometera. Pensei que naquele dia fosse dormir na prisão da Bastilha. Em Nice, essa imagem foi recomposta. Todos foram amáveis e irônicos. Bom, ainda eram franceses. Não deixaram escapar a oportunidade de dizer que Mbappé era melhor do que o Neymar.

Depois de liberados das formalidades de entrada em território francês, Rafik nos deixou e o tuaregue nos explicou:

– Ele foi buscar o carro.

– E nós vamos aonde agora? – perguntei.

– Estamos indo para Menton – disse Sedik já a bordo de um lindo e espaçoso Citroën. – Por favor, tenham um pouco mais de paciência. Nosso avião só tem permissão para pousar em Nice. Mais uns quarenta minutos e estaremos em Menton.

– Mas nós precisamos voltar para Paris – lembrei. – Nossa bagagem está toda lá.

– Creio que os senhores terão bastante tempo para isso. Peço apenas que me acompanhem até Menton.

Realmente, quarenta e cinco minutos depois de deixarmos o aeroporto de Nice estávamos em Menton. Rafik seguiu pela A8, uma via mais rápida. Teria preferido ir pela Moyenne Corniche, a bela estrada que liga Nice a Menton. Assim veríamos Èze, Cap D'Ail e Mônaco. Eu havia visto um filme romântico com Marie cuja cena final era num restaurante debruçado sobre um penhasco de Èze. No dia em que vimos o filme, fizemos alguns planos mirabolantes para, um dia, visitar Èze e jantar naquele lugar, claro, se Marie o aprovasse com seu dom mágico. Estávamos passando perto de um sonho. Nos dias que viriam, porém, não faltariam oportunidades para visitar Èze.

Menton ainda fica na França, a quatro quilômetros da fronteira com a Itália. O que chama a atenção logo ao chegar é a profusão de casas coloridas olhando o mar. Parece uma cidade cenográfica, com suas ruelas cheias de bistrôs e sorveterias. Conforme o tempo passou, e ele passava mesmo, apesar das observações de Santo Agostinho, ficamos fãs do café da Kathy, perto do cais Bonaparte, mas isso é uma outra história.

Rafik nos conduziu a uma dessas casas coloridas e entramos em uma que tinha uma vista maravilhosa do Mediterrâneo. Antes de saber o que estávamos fazendo ali, fui com Marie até a janela para que não houvesse a mínima possibilidade de perder aquela vista. O apartamento por dentro era todo branco, com a maior parte dos detalhes em azul. Um azul que às vezes se confundia com o mar.

Sedik, um pouco atordoado com seu problema no ouvido, já estava sentado na sala. Marie olhou para ele e perguntou:

– E o seu ouvido? Melhorou?

– Sim – ele disse –, já deu uns estalidos e parece que a pressão se equilibrou novamente.

– Esse lugar é lindo – iniciou ela uma conversa. Até então tínhamos vindo quietos no banco de trás do Citroën dirigido por Rafik.

– Que bom que vocês gostaram – sorriu Sedik, olhando fixamente para Marie –, pois essa casa era a morada francesa de Leonardo e agora é de vocês. Esta é a herança dele para vocês.

– O quê? – disse eu, desviando o olhar do Mediterrâneo.

– Sim. É isso mesmo – completou Sedik, o tuaregue –, passamos aqui para que vocês conhecessem a casa e precisamos agora ir até a prefeitura onde o *notaire* nos espera para assinar a transação e registrar formalmente a propriedade junto ao governo francês.

No almoço de despedida, Sedik me deu uma tarefa adicional. Pediu que, assim que abrisse uma conta no banco, lhe enviasse o número da conta, pois o acordo com tio Leonardo ainda garantia uns euros mensais. Contou-me mais um segredo ligado a números, coisa que o tio Leonardo adorava: a longitude de Menton é a mesma de Annaba: sete graus e meio para leste, mais ou menos. Isso significa que, se pudéssemos pensar em uma linha imaginária de longitude, tínhamos saído da Argélia e voado sobre essa linha até a França, que ficava do outro lado do Mediterrâneo. Entre as duas cidades, os únicos lugares habitados são as ilhas da Córsega e da Sardenha e algumas ilhotas. O resto é a morada da Magna Mater.

Marie, por razões óbvias, se tornou uma expert em culinária argelina. Fez alguns cursos, comprou vários livros e se tornou uma verdadeira *chef algérienne*, agora com um toque francês.

Exatamente neste momento ela me chama da cozinha para ajudá-la com o peixe que eu trouxe essa manhã do cais. O pescador me disse que o nome do peixe era *perche*. O colega dele refutou e disse que o nome correto era *bar*. Para mim pareceu ser o bom e velho robalo.

Enquanto escrevo, olho o Mediterrâneo da janela da sala. Coloquei uma mesa e uma cadeira e olhar o mar me faz visitar com prazer os vastos palácios da memória. Às vezes imagino que estou vendo Hipona do outro lado do mar. Se forçar um pouco mais a vista, acho que vou enxergar Cartago.

Marie me chama novamente. Preciso limpar o peixe. Já deveria ter feito isso. Depois caberia a mim espremer uns dentes de alho para que ela faça o tempero com *ras el hanout*. O vinho branco já está gelando. Os franceses que me perdoem, mas eu tinha escolhido uma Vernaccia italiana para acompanhar o peixe. Escolhi a garrafa na loja de vinhos com a mesma certeza que teve Abdul, nosso jovem amigo *sommelier* argelino, quando nos sugeriu o vinho do jantar de despedida em Annaba.

Essa minha vida de auxiliar de *chef* é bem atribulada, mas hoje o almoço precisa ficar perfeito.

Hoje é um dia especial.

Todos os dias são especiais.

Dos dois lados do Mediterrâneo.

GRÁFICA PAYM
Tel. [11] 4392-3344
paym@graficapaym.com.br